サクラ花の下

大浦ふみ子

光陽出版社

サクラ花の下　目次

サクラ花の下　5
させぼ草双子　79
あとがき　177

サクラ花の下

一

春が来たというのに、この冬、妻を亡くした私は、四十九日が過ぎてもなかなか生きる気力をとりもどせないでいる。もう八十四だし、いつ死んでもよいような気分になり、外出もしなくなったし、人に会うのもおっくうになった。今朝も食がすすまないので朝食をぬき、手もちぶさたなまま、二、三日分たまった郵便物の封を切ろうと机のペン立てに目をやった。

ところが、耳かきなどと共にそこに立ててあるはずのペーパーナイフがない。だったら鋏を使えばよいものの、老人には長年の習慣があり、身についた手順がある。たかがペーパーナイフだが、そこにあるべきものがない、ただそれだけのことが、おろそかならぬことに思われてくる。ひとつは、それが六十年も前の若い日、後楽園での都市対抗野球に出かけた時の参加賞としてもらったものだからだ。青春時代の体験は生涯残るものらしく、握るといつもホームランを打った時の感触がよみがえった。

とりあえず机のまわりを探し、寝室から居間へ捜索箇所を移した時だった。窓側に置いた固定電話が鳴りだした。

長崎に住む娘とはさっきメールのやりとりを交わしたばかりだが、誰だろう？受話器を握ると、男性にしてはちょっとかん高い声が耳に届いた。

「喬《たかし》か？　お前、まだ生きとったとか」

このぶしつけなもの言い。

「あんた、だれ？」と私は訊いた。

男性は笑い声をたてた。

「わからん？　おれだよ。お前は小っちゃい頃から、『自分は早死にしそうだ』と、そればかり心配しとった。そのお前がまだ生きてるとはなあ」

耳を傾けていた私は、「まさか、寿《ひさ》ちゃん……」とつぶやいていた。

そしてなつかしさのあまり、受話器を握りしめてやつぎばやの質問を浴びせていた。

「きみこそ生きてたのか？　何の連絡もしないで、今までどこに隠れていたんだよ。ほんとにきみは寿ちゃんだよね？」

電話の主は、二つ歳上の従兄広瀬《ひろせ》寿人《ひさと》だった。寿人は幼い頃から私の良き遊び友だちで、学徒動員で海軍航空廠に派遣されたときも、同じ壕内で共に働いた仲だ。ところが、敗戦の年の秋、大分の中学に転校していってからは音信不通となり、法事の席で見かけることもなくなった。かなりたってから、父親と大喧嘩をして勘当されたのだと聞いたが、くわしいことはわからなかった。何があったにしろ、寿人は私にとって大切な人だ。しばらくはあれこれ手をつくして探した。しかし、ついにわからず仕舞に終わったのだった。

「……佐世保はいい町だったよ。雑駁だったがね。自由で風通しがよくて、新しい息吹があったなあ。最近むやみと懐かしくてさ……」

こちらの質問には答えず、しゃべり続ける寿人に私は言った。

「あのな、懐かしいのなら顔出しゃいいじゃないか。今までどこで何してたんだよ。おれに何の連絡もせんとは、どういうことだい。こっちはずいぶん探したんだぞ。何も言ってこないから、もう生きちゃいまい、と思ってたんだぞ。こっちこそ言いたいよ。お前、まだ生きとったとかってね」

「そう怒るなって。こっちにはこっちの事情があったんだ。出入り禁止を食わされた土地は二度と踏むまい、こちらから捨ててやると決めただけさ。だが、こういうのを故郷が呼ぶというのかねえ。捨てたつもりのさ、佐世保という地名を聞いただけで、今じゃじいんと胸に響く。足が自然に西を向く。じつは今、佐世保にいるんだ」

「なんだって？　そうなのか。それで急におれの顔を思い出したってわけだな。わかった。なら、すぐ会おう。うちに泊まれよ。独居老人の身でおかまいはできないけど、おれだって茶ぐらいわかせる。な、寿ちゃん、また語ろうよ。十代のころに戻ってさ」

「ありがとう。その言葉を聞いて嬉しかよ。じつはおれ、自分史を書こうと思っているんだがね、よかったらきみにも手を貸してもらいたいんだ」

寿人が言うには、自分たちはアジア太平洋戦争末期、敗戦の色濃い昭和十九年に中学生になった。そのため誰も経験していない学生生活を送った。海軍航空廠に学徒動員されたことから書き始めているが、新たな疑問や調べないとわからないことがあれこれ出てきた。記憶にあることだけでなく、現在の佐世保がどう変わっているかにも触れたい。それで出かけてきた。ところが自分は満身創痍で、足元もおぼつかなくなってきているので、案内役を買ってくれないか、というのである。

「どうだい？　スポーツマンだった喬は、腰が二つ折りになったおれの手ぐらい引けるだろ？　それぐらいの時間もあるだろう？」

そういう寿人に、私は答えていた。

「じつは、妻を亡くしたばかりでさ、おれ今、抜け殻。何もやる気がおこらず、落ち込んでた。なんでおれ死なんのやろか、と毎日思って暮らしてた。だが、きみの声聞いて元気が出てきたみたいだ。おれでよかったら付き添い人になってやるよ。で、佐世保のどこへ行きたいんだい？」

するると寿人は、急に改まった口調で言った。

「そうだったのか……知らなくてごめんよ。心から奥さんのご冥福を祈るよ。こっちのことも話せば長くなるが……、それは会ってからにするよ。とにかく今、おれは急いでるもんでね」

そう言って、寿人は話を元に戻した。

「行きたい場所はさ、もちろん、おれたちの学徒動員先、崎辺だよ。陸からは自衛隊の営門で足止めだが、港めぐりの軍港クルーズ船があるだろ？ それに乗るとさ、海側からじっくり対面できるよね。様変わりした海軍航空廠をじっくりこの目で確かめたいね」

「崎辺か。崎辺ならおれも見ておきたいな」

私は自分のゆるんだ顔が急に引き締まるのを覚えた。忘れもしない、崎辺は、佐世保湾の真ん中に突き出した、魚のエイの形をした平べったい半島で、中学二年の十三歳のとき、私が学徒動員で行かされた場所だ。

「で、いつにする？」

「きょうは墓参りをしたいな。きみと違っておれは親不孝者だけど、親は親だしね。そうだな、あすはどうだい？」

「ああ、いいよ。だが、すっぽかすなよ。歳をとると、きのう約束したことを忘れるやつがいるからなあ。あすだよ。あす」

私が冗談めかして念を押すと、寿人は、入れ歯の音をかちかち響かせながら、

「馬鹿言え。おれはな、お前より年上だが、頭のほうはまだしっかりしとるぞ。喬こそ忘れるなよ。クルーズ船は十一時に出る。桟橋前のターミナルで会おう」

「よっしゃ。楽しみにしてるよ」

いつになく私は元気な声を出していた。

受話器を置いたとき気づいた。ペーパーナイフは目の前の電話帳の上にあった。寝室に戻り、いつもの手順で郵便物の封を切る。その中の一通は、かねて申し込んでいた有料老人ホームからのものだった。空きが出た、という知らせである。その申し込み書を目からかなり遠ざけてながめつつ、私は、「ふうん」と呻った。入りたくない思いがせりあがってくる。それを机の隅に押しやり、誰にともなくつぶやく。

「さあて、どうしたものかな……」

側のベッドにどっと倒れ込むと、たった今、ほんとに久しぶりに懐かしい幼なじみの声を聞いたせいだろう、抑えようもなく次々に幼いころのことを思い出していた。

二

そう、寿人がさっき言ったように、幼いころから私は早死にを恐れていた。それは、祖父と父が、ごく若いうちに亡くなったからだった。祖父は二十六のとき、日露戦争で戦死、海軍の鎮守府に勤めていた父も、二十八歳という若さで結核のため亡くなった。若くして未亡人になった二人の女、祖母と母は、一粒種の私を、それこそ若殿にでも仕えるように大切に育ててくれた。また、父が罹った結核といえば、当時は不治の病である。幼い頃、私は父が使っていたソファーや蒲団には近づかないよう厳しく言われていたし、近所の子どもたちも、「ここは結核患者の家ばい」と、鼻をつまんで走り抜けていった。このため、私と遊んでくれる友だちはおらず、おまけに私は、四歳の頃、軽い肺浸潤に罹り、完治する五歳までは外で遊ぶことも禁じられていた。

そんなわが家に下宿人を置くようになったのは、私が小学校にあがる頃だ。二人の海軍水兵が座敷を占領したのだが、ある朝、そのうちの一人が、私の顔をじっと見ながら言った。

「坊っちゃん、きみは早死にの相のあるばい」

それを聞きとがめた母が、「何でそがんことば言うとですか」と睨むと、男は確信ありげに言った。

「だって、眉間に、大きなほくろがありますもん。このしるしのある者は……て、昔からうちの田舎じゃ言われとります」

「そんな話、迷信ですよ。縁起の悪かこと言わんでください」

母は怒った顔で否定したが、私はそれ以来、このホクロのことが気になって仕方がなかった。

ある日、かみそりで削り取ろうとした。洗面所で血を流し呻っていると、気づいた祖母が飛んできて、かみそりをとりあげ、叱った。

「喬坊が死ぬもんね。お祖母ちゃんとお母さんがついてるから大丈夫よ。何があっても決して死なせやしませんから、安心しときんしゃい」

その後、私は二度とかみそりに手をのばすようなことはしなかったが、早死にの不安が払拭されたわけではない。二人の女の過剰な保護のもと、気弱で自尊心の強い子どもとして育っていった。

そんな私の唯一の遊び相手が寿人だった。寿人の家は、わが家のある同じ名切谷通りでも、ずっと奥の花園町にあった。そこは遊郭街で、通りには数奇を凝らした三階建ての家が何十軒も並び、寿人の父親が営む寿福楼にも、派手な着物を着た遊女たちが、大勢居た。

私の母は、父亡き後、和服を仕立てる内職をしており、寿福楼にも出入りしていた。私もそのたびに付いていっては二つ年上の寿人と遊んだ。大柄だが痩せている私に比べ、栄養状態のよい彼は、小柄だが丸々として、母親似の女の子のように優しい顔だちをしていた。

小学三年になる頃から、私は仕立て物を届ける役目を進んで引き受けた。乳母車にそれを積んで運び、帰りには新しい反物を預かってくるのだ。私は、寿福楼に行くたびに裏庭にまわり、こま回しやちゃんばらごっこで寿人と遊び、家ではとても口に入らないチューブ入りの羊羹などをごちそうになった。子どもの頃の私にとって、寿人は実の兄弟のように近い存在だった。

寿人はさっき自分のことを親不孝者と言ったが、私も、そうでなかったとはいえない。あの母に何かにつけてつらく当たってきた自分がいた。そして、それにはちゃんとした理由があったのだ。

その日は、ものすごく暑い日だった。裏山からは蟬の大合唱が聞こえ、家の中でも、それを圧する赤ん坊の泣き声が響きわたっていた。私は九歳だった。私一人のものだと思っていた母に赤ん坊が生まれたのだ。その時の驚きは、七十年たった今もなまなましい。

なんでおれの母さんに赤ん坊が生まれるのだ？　これ以上偉い人はいないと思っていた母が、父親のいない赤ん坊を生んだのである。その赤ん坊を、かわいくてたまらないようにあやしたり乳をふくませる姿なんて見たくもなかった。追われるように家を出た。

私の足元は、雲の上を行くようにふわふわしておぼつかなかった。行くところはない。自然に名切谷通りの奥に向かっていた。なぜかその日は見慣れた三階建ての家々が、まるでそれまでと違って見えた。うっすらと秘密の匂いのするあの家の内を、しっかり見とどけたい誘惑にかられる。通りの奥の家々が、そう感じさせる人目をはばかるたたずまい、謎めいた様子が、その日の私を惹きつけて離さない。海軍の兵隊さんがよくこのあたりをうろうろしては、中に入っていくが、あの家の内で何がなされているのだろう。

それを確かめたい期待が、紙風船のようにぎこちなく私の中でふくらむ。期待。何を期待するのか、九歳の私が……。私はそれを言葉に表すことができない。これらの家々が、私に何を応えてくれるのか。漠然とした秘密の匂いのするもの、というより不確かなあこがれ、なにかしらいいものがあるとも感じられる場所がそこなのだが……。

しかし、いざその通りに深く足を踏み入れてみると、家々のたたずまいにしても、道ばたで立ち話をする人たちにしても、秘密めいた雰囲気は消え、なんとなく薄汚い消毒の匂いのきつい場所となりはてるのだった。この日に限って、二階のベランダから女たちがからかう。

ほら、ほら、そこの小さな僕。ここへ何しに来たの？　ここで遊ぼうってのはちょっと早いわよ。ま、あんた、かわいい顔してる。ほんとだ。僕。僕。こっち向いて。

私が顔を赤らめて足を早めると、なん歩も行かないうちに、通りの反対側の二階から聞きなれた声が降ってきた。

「おい、喬じゃないか。上がれよ」

見上げると、やっぱり寿人がいて、こちらを見下ろしていた。

そこは寿福楼の別邸で、表は料理屋、裏が住居になっている。私は誘われるまま二階に上がった。ちょうど早目の昼食の最中で、寿人の母親は私にも山盛りの芋飯をよそってくれた。そして言った。

「喬ちゃん、妹ができたんだね。かわいがってやるんだよ」

しかし、私は素直にうなずくことができなかった。うちの母さんがなんで赤ん坊を生むのだろうか。嫌だなあ、という思いがせり上がってくる。

いたたまれない思いでうつむいていると、

「おばさん、これ寿ちゃんに」

うしろで優しい声がした。ふり返ると、白っぽい袖なしのワンピースを着た、日本人形のような少女が戸口に立っていた。差し出す皿の上には、せんべいや飴が山盛りだ。

「いつもありがと。さすがお春ちゃんには差し入れが多いね」

寿人の母親が受け取ろうとすると、寿人が割り込み、

「これ、ぼくにくれたんだよ。ねえ」

お春ちゃんと呼ばれた少女を見上げてにっこりし、それを手にする。そして、私に離れに行こう、と誘った。

池のある中庭をへだてたそこには、寿人の部屋がある。廊下を行く時、さっきの少女が追いついてきて、寿人の腕に自分のをくっつけながら、はしゃいだ声をあげた。

「うわっ、つるつるして真っ白で、寿ちゃんは大根やね」

「うん、ぼくのあだ名はダイコンだよ」

寿人は無邪気に答えている。

「じゃ、また……ね」

「うん」

にこっと笑うと、少女は扇形に広がった黒髪の後ろ姿を見せて、側の階段を下りていった。この日は、いつものようにチャンバラごっこに興じる気にもならず、私はただ焦れながら、中庭の池の鯉を見下ろしていた。寿人は、菓子をくれた少女の話ばかりしていた。

「お春さん、きれいだろう？　賄いさんの娘なんだよ。この菓子は、客の兵隊さんが遊女にくれてやったものをお春さんがもらって、ぼくたちはその分け前にあずかってるってわけ……」

そんな、私にはどうでもよいようなことを、寿人は一人でしゃべっていた。そしてこんなことも言った。

「喬、九歳って、もう子どもじゃないんだぜ。女の人は弱いんだしさ、男が守ってやらなきゃならないんだよ」

聞きながら私は、そんなこと無理だ、と心の中で反発していた。祖母と母と赤ん坊の妹、三人もの女をどうして九歳のおれが守れるものか。それでも、とりとめのない寿人の話に耳を傾けるうちに、あぶくのように湧いてくる母への不信感が、ほんの少しだが鎮まってくるのを覚えた。

次の年、母はまた赤ん坊を生んだ。男の子で、やはり産声の大きな赤ん坊だったが、こんどはそう驚かなかった。

母の相手が、家に下宿している若い男だということもわかっていた。私は海軍工廠勤めのこの男から、よく勉強を教えてもらっていた。キャッチボールの相手もしてもらった。二番目の子が生れて半年ほどたった頃だった、男は横須賀に転勤となった。この時、母が私に訊いた。

「私たちは付いて行くけど、あんたはどうするね？」

私は一瞬、言葉につまった。私を置いていきたいんだな、と思った。それで、きっぱりとこう答えてやった。

「おれは行かん。行くもんか。おばあちゃんと一緒にここに残る」

母の顔の、さっと青くなるのがわかった。伯父や伯母がやってきて、話し合いが持たれた。

結果として、母はわが家にとどまった。しかし私は、母が一度は自分を置いていこうとしたことを、その後どうしても忘れることができなかった。何かにつけ思い出しては、優しく接しきれなかった私も、やはり親不孝者としかいえないだろう。

三

次の日、佐世保桟橋に向かう私の足どりは、いつになく浮き立っていた。

もう会うこともあるまいとあきらめていた古い友に会えるのだ。嬉しくないはずがない。

ＪＲ佐世保駅の構内をぬけると、すぐ目の前は海で、岸壁に沿って右に行き、左折してつきあたったところが乗船場だ。かつて学徒動員で私は毎朝そこから崎辺半島に通った。

あれから七十年。入り組んだ港の港口あたりを感無量で見やっていると、目の端でちらちら動くものがある。目をしばたたくと、それはモンシロチョウだった。なんでこんなところに迷い出てきたのか。もの問いたげに私の頭上をしばらく舞う。そしてその白い紙きれのようなものは、何を目指してなのか、青黒い沖に向かって消えていった。

桟橋前に着き、ターミナルをのぞいたが、寿人らしき人は見あたらない。小さな女の子二人を含む家族連れと、小太りで丸坊主のリュックを背負った老人が一人いるばかりである。私が、あたりを見回したり腕時計の時間を確かめたりしていると、長椅子に座っていたその老人が、杖にすがって立ち上がり、一歩一歩踏みしめるようにしながら近づいてきた。そして、顔をほころばせつつ言った。

「喬だな。きみはいつまでも若いな」

その高めの声でわかった。この人が寿人なのだ。私は目のやり場に困りながら、呻くように言った。

「ごめん。何十年ぶりかだから、わからなかったよ。きみは出家したのか?」

「まさか」

寿人は、総入れ歯らしい真っ白の歯並みを見せて笑った。

「いつの間にかこうなっちゃったよ。人生あっという間だね。じゃ、船も着いているようだし、話は席を取ってからにしようか」

言うなり、早くも寿人は杖の音をこつこつとコンクリートに響かせ始める。私はあわてて寄りそう。その折れ曲がった体に手をまわし、支えるようにして、黄色にペイントされた船の待つ一番端の桟橋に向かう。歩みを進めながら寿人は、ここに来る前にすぐ近くの「佐世保空襲資料館」をのぞいてきた話をする。

「写真を見てるとさ、死んだ人のにおいまで戻ってきて、いたたまれなくなった。我慢できず、すぐに出てきたよ」と言う。

それに、名前のわかっている犠牲者が町毎に書き出してあったが、どうしてもその数が腑に落ちないのだそうだ。

わが花園町の死者がわずか九名だなんて、そんなはずはない。少なく見積もっても、数百人は亡くなっている。その死体の山を自分は実際に見たのだから……。会場では、犠牲者の名前を刻んだ墓銘碑建設の募金を集めていたが、名前のわかっている人はごく一部にすぎない。五百人から千人、いや千人から二千人ともいわれる名前のわからない死者のことを、墓銘碑にどのように表すのか。どこに埋められたかさえわからない無縁仏の供養が、なんらかのかたちで示されるのならよいが、といまひとつ納得できなかった……。

寿人の話に、私は興味を持った。空襲犠牲者の数は千二百三十人だというふうに私は聞いている。それに倍する人が死んでいるなどとは知らなかったが、ちゃんとした根拠があるのだろうか。

くわしいことを聞きたかったが、船の出る時間が迫っていた。こころもち急ぎ足で桟橋を渡った。船室の窓側に向かい合って腰を下ろし、いざその続きを訊こうとしたところ、エンジン音にかき消され、寿人はこちらの言葉がよく聞き取れないようだ。お互い、相当耳が遠くなっていることを認めないわけにはいかなかった。

そのうちに船が動き出し、二人の会話は中断されたかたちとなる。代わって、真近に現れる軍港の居丈高な姿が、これでもか、これでもか、と迫ってくるのに翻弄されはじめたからである。

目の前に、米軍の強襲揚陸艦がいる。むこうには原潜の停泊する岸壁も見える。いつも予告なしに入ってくる鯨の背中のようなその姿は、きょうは見えない。青いランプを点滅させて、米軍の哨戒艇がこちらを向いているのに私は気づく。寿人が呻くように言う。

「わが佐世保港はよ、まだ奪われたままだな、米軍にさ……」

「そういうこと」と、私は相槌を打つ。

佐世保港のまわりには、貯油タンクや弾薬庫がびっしりとひしめいている。そのせいか、背景に咲く桜花がなんとも白っぽく色あせて映る。船は、港の岸近くを時計の針とは反対まわりにゆっくり進む。

ガイドは、よく陽に焼けた青年で、なぜか自衛官の制服を身につけている。右手に港口が見える頃から、短刀のように切っ先鋭い波が立ち始め、しぶきが船室の窓にふりかかる。船がゆっくり左回転すると、そのすぐ右手前方に見えてきたのが、現在は自衛隊の訓練施設の並ぶ、忘れもしないあの崎辺半島だ。

「さあ、いよいよ崎辺だぞ」

寿人が窓ガラスに顔を近づける。そして声高に言う。

「おれたちはさ、あそこで死を賭して働かされたんだからな」

「うん。わが方の空母を狙ってさ、グラマンがよく爆弾を落としてきたもんね」

と私も大声で相槌を打つ。

突端で釣りをしている自衛隊員らしい人影がある。その憂いを帯びた顔つきがわかる距離まで接近した時、当時のことが一気によみがえり、私は恐怖と空腹を同時に覚えていた。

アジア太平洋戦争末期のその日々、空襲は毎日のように繰り返されていた。そしてその後、ここら辺の海には、大小無数の魚が腹を上にして浮き上がってきて……海面を覆った。それがこの上ないご馳走に見えて仕方がなかった。

同じ班の工員らと共に海に飛び込み、シャツやズボンに詰めるだけ魚を詰めて岸に戻った。すると岸辺には配属将校が待ちかまえていて、残らずそれを取りあげた。

「……くやしかったな。給食は大豆の搾りかすという時代だったからな」

私が嘆くと、寿人は笑う。

「大盤振る舞いだったたって聞いているよ。そんな時の将校用食堂はさ」

崎辺半島に寄り添いつつ、ことさらゆっくり行く船の上にいて、私は嫌でもその日々のことを次から次に思い出す。

四

蒸し風呂のようだった、あの地下壕トンネルの中は……。湿度が高いせいか、すぐに汗がふき出してきた。薄暗い電灯の下、むき出しの天井の岩肌から落ちる水滴を、やかんで受けながらの作業だった。旋盤工として航空機の部品を削り出す作業をやらされたのだが、はじめのうちは不合格品を次々に出し、「材料の無駄使いをするな」と班長から怒鳴られた。

しかし、日がたつにつれ、ノギス、芯だし、マイクロメーターを使っての部品削り、ネジ切りなど、かなり上手くなり、「ほう、きみはなかなかやるじゃないか」と褒められるまでになった。

練習中、旋盤で指を落とした生徒がいたが、泣きもせず、じっと耐えていた表情が忘れられない。

敵の艦上戦闘機グラマンは、連日、急降下、岸辺にすえられた機銃座と交戦していた。

いつ機銃掃射を受けるかわからない、そんな日々だった。しかし私は、暗い洞穴の中にばかりいると息が詰まりそうで、昼休みになると、電気工場脇の堤防に行って海を眺めた。その近くの広場では、若い技術士官たちがよくバレーボールをやっていたが、軍事教練で柔道と剣道ばかりやらされてきた私は、「ここでは敵性スポーツを楽しんでいいのか」と目をみはった。なぜなら「鬼畜米英」の敵の好むスポーツだからと、中学では当時、野球などは廃止されていたからである。

彼らの自由な雰囲気は、農耕班としてサツマイモ作りに出かけた時も感じた。宿舎から畑まで往復の途上、軍歌を歌って歩いていると、その時の監督官として来ていた若い技術中尉が、「そんな歌はやめろ。『愛染かつら』を歌え」と命令したのだ。うろ覚えだったその流行歌を「花も嵐も踏み越えて……」と小声で歌い出した私たちは、次第にボリュームをあげていった。そして最後のほうは、ここぞとばかり大声を張りあげ、これまでになくスカッとした気分になった……。

このとき私は、一年生の時に起こった青タン事件のことを、あってはならなかったこととして思い返していた。

青タンというのは、若い英語教師のあだ名だ。いつも一張羅の古びた青い背広姿だったから、生徒たちにそう呼ばれていた。こつこつとチョークの音をたてながら、ものすごいスピードで書いていく英文の流れは、なにか魔術でも見せつけられるようだったし、巻き舌で語尾のはっきりしない発音も目新しかった。そして授業内容は、決して英文学の章句などではなく、丘を馳せ登る日本陸軍戦車の絵の解説だった。ところが前年夏、突然、二人の憲兵が教室に現れ、私たち生徒の見ている前で拉致していってしまったのである。そして、二度と教室には戻ってこなかった。後で聞いたところ、あるクラスの授業中に「日本は戦争に負ける」と言ったからだという。

太平洋戦争中とあって、「鬼畜米英」のポスターが廊下に貼り出され、英語は敵性語と見なされてきていた。そのクラスでも、青タンの授業の前に、「英語廃止！」と黒板に落書きする生徒がいたそうだ。これに対し青タンは、日本は明治以来、欧米の文明を受け入れることで発展してきた。戦争中でも、相手国の言葉を学ぶ必要があると述べ、「そんな態度では、日本は戦争に負けるぞ」と口を滑らせてしまったらしい。青タンを憲兵に売り渡したのは、そのクラスの生徒以外の何者でもない。ここの技術将校と比べてみても、青タンがそんなに悪いことをしたとは思えないのだが……。自分がその密告者であったかのように私は後ろめたさを感じていた。

寿人が口をぱくぱく動かし、何やら話しかけている。自分だけの思いに浸っていた私は、「何？　今、何か言ったかい？」と訊き返した。

寿人は顔をこちらに近づけ、息を吹きかけるようにしながら、「この崎辺ではさ、また新しい基地建設が始まってるよね」と言った。

「ああ、そうとも。残念ながらね」と私は答える。

昨年明らかになったのだが、崎辺の東側には自衛隊の大型岸壁が造られ、西側は「水陸機動団」の訓練場になるそうだ。その部隊は、佐世保の陸上自衛隊相の浦駐屯地に新しく編成され、有事の際は、戦闘地に出向くとされている。

「つまり、何かあった時、自衛隊がここから戦地へ向かうわけだ。おれ水陸両用車の写真見たけど、まさに戦車だよ」

私が言うと、寿人は眉間に縦皺を寄せて憤慨する。

「なるほどね。わが崎辺では、もう安保法制が動き出しているってわけだ」

「そう言えるね」

私はそれを否定できない。

げんに先日、佐世保市長は近隣住民の質問に対し、武装集団による離島の不法占拠などがあったとき、ここからの自衛隊の出動がありうる、と答えた。それどころか、数日前に施行した安保法制によれば、米軍が世界のどこかで攻撃を受けたとき、ここから支援にかけつけることも可能になるわけだ。

うなずきつつ聞いていた寿人は、

「そんな話を聞くとさ、空からまた爆弾が落ちてきそうだ。おお、こわ」

と、ほんとうに恐そうに崎辺の方を見やった。

スピーカーから流れるガイドの声が、とぎれとぎれ耳に入る。中国からの客船の入る三浦岸壁の説明をしているから、もうすぐ桟橋に戻る。エンジンが止まると、やっとその声が鮮明に聴き取れる。

「敗戦後七十年と七ヵ月、この長い年月、日本は戦火に見舞われることなく、平和に過ごすことができました。何より大切なこの平和を誰が守ってきたのか、きょうの軍港クルーズを通じまして、少しでも考えるきっかけにしていただければと思います。またのお越しをお待ちしております」

ガイドの挨拶が終わると、はからずもいっせいに拍手が起こった。

寿人に続いて私も拍手しながら、ちょっと首をかしげていた。もしかしたらガイドは、平和を守ってきたのは、米軍であり自衛隊だ、と言いたいのではないかと思ったからだ。なぜなら、ガイドは自衛官の制服で身を固めているし……。それだったらうなずけない。拍手するのを止め、寿人にそう言うと、彼も拍手を止め、真面目な顔をこちらに向けた。

「そうかも知れないね。だが、彼は断言しなかった。一人一人が考えろと言った。それはそれでいいんじゃないかな?」

それでも私は、やはり釈然とせず、崎辺のあたりへいつまでも目を据えていた。

船を降りると、ひと休みした後、こんどは軍港と市街を一望できる弓張岳展望所へ移動することにする。

五

弓張岳に向かう観光バスは、天窓や丸テーブルまで備えた豪華客船を思わせる作りだったが、なんと乗客は私と寿人の二人だけだった。ガイドの若い女性は、またも海上自衛官風の白い服に白い帽子姿だ。車窓からの眺めは、相変わらず米軍や自衛隊の基地で、ガイドの説明にことさら新しいものはない。

私たちは物珍しさもあって、天窓の下の丸テーブルに着いた。

こんどはエンジン音がかき消すこともないので、お互いの声がよく聞こえる。ガイドの案内はそっちのけに、積もる話が次から次に溢れるのにまかせた。

「いじけ者のおれが野球部のエースになってさ、それが生涯の支えになったもんね」

と、私がしゃべり出すと、寿人がうなずく。

「そう言や、喬は、いじめっ子の仕返しが怖くてさ、それで野球部に入ったんだったね」

「そう。野球部には寿ちゃんが誘ってくれたんだった」

天窓のむこうの薄青い空を見上げながら私は、遠く、しかも鮮明な日々のことを思い起こす。


敗戦の年の秋、陸軍幼年学校や特攻隊帰りの者も含め全校生徒が揃ったが、なんともしまらない虚ろな学校生活が始まった。

懐に短刀を忍ばせた上級生もおり、教員を追いまわす場面を何度か目撃した。わからないでもなかった。

正義が一つではないこと、たった一夜にしてひっくり返されることを、私たち生徒はつきつけられたのだ。昨日まで死を賭けて守らねばならなかったものを、敗戦とともに捨てよ、と命じられた。教師たちは口をそろえて唱え始めた。

「この戦争は間違っていた」
これを聞いて、私も正直、唖然とした。終戦の日まで軍国主義を説いていたその同じ人物が、こんどはもっともらしい顔で平和と民主主義なるものを唱え始めたのだ。なぜ、自分のそれまでの考え方をきちんと訂正し、生徒にむかってまず謝らないのか。この戦争が間違っていたのなら、なぜ戦争中にそう言わなかったのか。教師というものは、信用できないものだ、と思った。おまけに軍国主義に代わって吹きこまれる民主主義なるものを、私はなかなか自分のものにすることができなかった。

早死にの怖れをあれほど強く懐《いだ》いていた私だが、当時の徹底した教育のために、天皇のためには死をも恐れない、という軍国少年に育っていたからだ。しかし育ち盛りの生きものとしての私は、いつもひりひりと飢えていた。

当時、イモチョロキンと呼ぶ芋飴があった。一粒いくらだったのか、もう覚えていないが、中学校の校門を出た橋の横に雑貨屋があって、このイモチョロキンが置いてあった。同級生たちは、親からもらった学用品代などでよくこのイモチヨロキンを買っていた。

しかし私は、小遣いなんて一銭ももらえない身だったので、もの欲し気にその様子を見ていたのだろう。ある日、五、六人いた同級生のうちの一人が、イモチヨロキンをしゃぶりながら近づいてきて、

「この戦災孤児が。じろじろ見るな」

と言って、私の胸をど突いた。

「見てないもん」

私は小さな声でつぶやき、その横を通り抜けようとした。

「見てるやっか、いつも。買う金が無かとやろ。この父無《てて》し子が」

そいつは、またも私の胸をさっきより強い力でど突いた。私はよろけた。

「ヤーイ、戦災孤児。父無し子」

他の生徒たちもはやしたてる。そのうちの一人が、石を投げてきた。私はこの

時、自分がみじめで、くやしくて、内からせり上がってくる怒りをおさえることができなかった。

「それがおれのせいかよ。え、おい」

相手の胸倉を取ると、力いっぱい殴りつけていた。起き上がったそいつの拳骨をかわすと、もう一発殴る。それで相手は側の藪の中にぶっ飛んだ。

一緒にいた同級生が走り寄り、助け起こしたり、鼻血を拭いてやったりし始める。

「覚えとれ。この戦災孤児が……」

紫色に腫れ上がった頬を押さえつつ、なおも言いつのるそいつに再び飛びかかろうとした時、私の肩をぐいと押さえた者がいた。振り返ると、別人のようにやつれて頬骨の出た、青白い顔の寿人がいた。

「そこらでやめとけ」

小さな声で言い、ゆっくり首を横に振る。

「喬、腹の空いとっとやろ。一緒に来い」

と、先に立って歩き出した。

連れて行かれたのは、日宇駅の裏にあるビルの三階だった。そこは、名切谷にあった明倫寺の仮の落ち着き先で、寿人は学校の帰り道、しょっちゅうここに寄っては、だんご汁などをご馳走になっているという。

かつて明倫寺の境内は、子どもたちのよき遊び場だったが、やはり空襲で焼けてしまったのだった。

「坊《ぼん》さんが良い人でね。友だちも連れてこいって言われてるんだ。それってのも、坊さん、大の野球好きでさ、わが野球部の後援会長も引き受けてくれているんだよ」

「へえ、寿ちゃん、野球部なの？」

意外に思って訊くと、寿人は照れくさそうに笑う。

「うん。球拾い役だよ。ささくれ立つの何とかしたくて……声かけられて入部したんだがね……」

中に入ると、すでに三、四人の少年たちがどんぶりをかかえて、うまそうに汁をすすっていた。

赤ん坊を背負った小柄な女性と、女学生らしい背の高い少女が給仕をしていた。目の前に置かれたどんぶりの中味を、私はあっという間に平らげた。一段落したところで、寿人が私を少年たちに紹介した。

「こいつはおれの従弟の二年生だが、よろしく」

すると、少年のうち一番大柄な上級生が、こちらを品定めでもするように睨め回していたが、

「お前、いい体しとっやっか。野球部に入らんか」

と言った。急な話なので、私は戸惑う。上級生は、熱っぽく語りかけてきた。

戦争中、わが野球部は、敵国性だとの文部省通達で中止させられた。戦争が終わった今、自分たちはすぐにでも伝統ある佐世保中学校の野球部を復活させたい。

ところが残念なことに、卒業や転校で部員がそろわない。今から練習をつめば、来年秋の市内リーグ戦では絶対優勝できる自信があるのだが……。

聞いているうちに、私の気持は動く。寿人も勧める。

「野球部に入れば、先輩たちが守ってくれるぞ。さっきのいじめグループからさ」

私はこの言葉に飛びついた。反射的に答えていた。

「おれでよかったら、入れてください」

つい殴ってしまった彼らの仕返しが、やはり私は恐くてたまらなかったのだ。

この野球部での鍛錬が、私に自信をつけさせてくれたのは確かだ。入部した時は外野手だったが、ひと月もすると、投手でキャプテンの先輩が私を捕手に指名し、バッテリーを組んだ。

そして次の年の市内リーグ戦では、四番バッターとしてホームランを打ち、チームを勝利に導いた。祖母の話では、父も体格が良く、佐中時代は野球部だったそうで、もともと素質があったのだろう。おかげで卒業の年には、早稲田大学から引きがきた。四人も扶養家族のいる私が、地元の銀行に無試験で入れたのも、頭取が大の野球好きだったこととと無関係ではないようだ。

一方、私を野球部に誘った寿人のほうは、秋が深まるころには退部した。

そして私たちの前から姿を消した。

「……体力のある喬と違って、おれは軟弱でね、若い頃から病気ばかりしてた。代用教員を皮切りに、地方紙の記者、小学校の小使いなど職を転々としたよ。そのたびに引っ越して、今は神戸に住んでる。四十過ぎて、ビルの管理会社を立ち上げてさ、それでやっと生活が安定したんだ。ま、これは女房の力だけどね。体のほうはもうぼろぼろだな。だけど、気力だけは人一倍残ってるつもりだよ」

寿人がしゃべり終わるころ、バスは弓張岳の頂上に着いた。バスを降りると、あたりは満開の桜である。

六

なぜだろう？　私はあたりを見わたしながら自分に問うていた。満開の桜の下にいてもまったく心が浮き立たないばかりか、かえって無力感に襲われる。花の色もねずみ色がかって見えるし、花冷えらしい風の冷たさも身にしみる。

これはたった今対面してきた佐世保港の現実によるものだろうか。

「さ、早く市街を見晴らせるところに行こう」

杖を頼りに歩き出しながら、寿人がうながす。そこまで行くには二十段ほどの石段がある。私は寿人を気遣いながら、一歩一歩ゆっくり上がった。運動不足のせいか、こちらの足元も少々おぼつかない。見晴らし台の突端まで来ると、

「やあ、やっと来たぞ」

寿人は二つ折りだった腰をのばしつつ歯の間から押し出すような声で言う。

「あの空襲でさ、この街は一夜にして灰塵に帰した。地獄絵巻がくり広げられた。七十年たってもあの光景は鮮明だよ」

「そう……。あれが戦争だな」

うなずくと、私もその前後のことを脳裏に甦らせる。


崎辺に動員されてふた月ほどたったころだった。班長がいつになく緊張した顔で、私たち学徒に告げた。

「いいか。よく聞け。今宵、空襲の予告があったそうだ。寝る時は必ずゲートルを巻いとくんだぞ。いつ夜中に空襲があるかもしれん。わかったな」

聞きながら私は、佐世保もいよいよやられるのか、と一瞬、鳥肌が立った。

本土空襲は沖縄戦に敗れてから激しくなり、連日のように日本のあちこちが攻撃されていた。戦闘爆撃機Ｂ29が初めて佐世保上空に飛来したのは、この春三月初めだったが、これは偵察だった。ひと月後の四月はじめ、グラマンの編隊が来襲、海軍工廠とその近くの家屋八戸が吹き飛ばされ、百人あまりの死傷者が出た。

四月末にもやはり工廠がやられたが、この時は建物だけの被害で済んだ。そして、六月も末になっていよいよ大空襲は避けられないということか。しかし、班長が予告したその夜は何事もなく過ぎた。一日おいた次の日、班長はまた同じことを私たち学徒に告げた。

「いよいよ今夜かもしれない。ゲートルを巻いて寝るんだぞ。今夜何事もなくともずっと巻いとけ。わかったな」

確かにその夜半、一、二機の敵機が佐世保上空に現れたが、これは偵察侵入だったらしく、その夜も何事もなかった。そして二十七日、いよいよ今夜だろうと構えていたが、無事に過ぎた。そして二十八日の夜を迎える。

その日は、梅雨特有の雨が降りやまず、トンネル工場の中は雨漏りがひどかった。仕事があがると、汗と雨でびしょぬれになって家に辿り着いた。

夜になっても雨は降り続いていた。

「こんな晩にまさか空襲のあるとやろか」

「さあ。大丈夫じゃないのかね」

母と祖母が、弟妹を寝かしつけながら話していたのを覚えている。私は夕食を済ませると、勤務の疲れもあってすぐに泥のように寝入っていた。どれぐらい眠ったころだろう、あたりが騒々しくなり、遠雷を聞いたような気がした。暴風雨も激しいようだ。

「喬。起きなさい。空襲よ」

母に叩き起こされ、はっとして、起き上がった。さては遠雷と思ったのは飛行機の爆音だったのか。

「さ、あんたたちは早う逃げて。母さんもすぐに行くから」

そういうなり、母は三歳の妹を私の背にくくりつけた。二歳の弟は祖母が背負う。外に出ると、空は真昼のように明るく、あたりは一面、火の海となっていた。焼夷弾が落ちたのだろう、隣の家も燃えていた。

どこへ逃げよう？　足がすくんだ。

探照灯が銀色の不気味な機体を照らし出す。焼夷弾が無数の火の雨となって散る。爆音が頭上で大きくなった、と思ったとたん、豪雨のような音とともに、火の塊がこちらめがけて落ちてきた。不動院への階段を夢中で駆け上がる。狙い撃ちしてくる機銃弾が耳の側で弾ける。

必死で公園を走り抜ける。坂道を駆け上がり、近くの山林の中に逃げ込む。そして山の中ほどにある防空壕に駆け込んだ。

しばらくして、弟を背負った祖母が、よたよたした足どりでたどり着き、警防団の人に支えられるようにして母も入ってきた。母は腕に火傷を負っていた。焼夷弾が二発、家に落ち、一気に燃え上がってどうにもならなかったと言う。

悪夢のような長い夜が明け、壕を一歩外に出ると、あたりはすっかり焼け野が原だった。

焼け出された私たち一家は、とりあえず県境の山手にある親類の家を頼ることになった。その通りがかりに見た名切谷通りの光景は、とても言葉に表わせるものではない。寿人たちが住んでいた遊郭街も一面に焼け、足の踏み場もないほど道いっぱいに黒こげの死体が転がっていた。かと思うと、黄紫のなんとも嫌な色にふくれあがったものや、マネキン人形のように派手な着物を着たままのきれいな死体もあった。

まだ熱のこもる焦土を行きながら私は、「こんなにむごたらしく人を殺すアメリカはひどい」と思い続けていた。水兵と並んだ女の死体もいくつかあり、「これは遊女たちだよ。こんな空襲の夜まで客を取らされていたんだね」と言って、母がそっと、手拭いで包帯をした手を合わせていた。

寿福楼ももちろん丸焼けだったが、人影はなく、そこにたまたま居合わせた人が、一家の無事を伝えてくれた。

動員先の崎辺工場に出勤したのは、戦災に遭って三日後だったと思う。その日の私は、逃げ回る時に焼けてしまって、無帽、ゲートルなし、下駄履きでの出勤だったが、配属の漢文の教員に呼びとめられ、「たるんでいる」と一喝、往復びんたをくらった。空襲のせいなのにと、このびんたは、その後いつまでも癪の種となった。

ひときわ暑く感じたあの夏、七月から八月にかけては四六時中、空襲に見舞われる日々だった。グラマン戦闘機が急降下してきて、容赦なく爆弾を落とした。それでも航空廠に出勤してありがたかったのは、昼になれば弁当が出ることだった。焼け出された後、私の一家は、親類の農家の納屋に住まわせてもらっていたが、当面、分けてもらった芋づるや野草で飢えをしのぐしかなかった。だから、大豆の搾りかすに米粒の少し混じったものであっても、不満を感じるどころか、むさぼるようにして口に入れた。そしてあの終戦の日がきた。

工場前の広場に集合し、玉音放送なる終戦の詔勅を聞かされた時は、まだ半信半疑だった。

「われらは天皇陛下の御為に生まれ、天皇陛下の御為に働き、天皇陛下の御為に死せん。海ゆかば水漬く屍、山ゆかば草むす屍……」

軍国教育を受けた私は、この教えの大きな渦からすぐには脱け出せなかった。つい昨日まで、本土決戦を唱えていたではないか。徹底抗戦の軍事教練では、実戦さながらの訓練を積んだのだぞ。心の中でつぶやいていた。その時、学徒の一人が叫んだ。

「投降しても死。戦っても死。なら、いっそのことやれるだけやろうぜ」

何人かが応じ、私も加わった。ヤスリを持ち出し、短剣を作ろうと、声ひとつない壕内にグラインダーの火花を飛ばす。四十センチの大型ヤスリは、次々に短剣に変わっていった。しかし、それを持って壕を出ても、そこには別世界があるばかりだった。工員たちはあちこちに五、六人ずつ集まって、なにやらひそひそ話をしているし、年配の技術士官は軍刀を手にただ歩き回っている。青年士官の一人が拳銃を空にぶっ放したかと思うと、狂ったような叫び声をあげつつ日本刀を振り回し始めた。それを見た私たちは、何か拍子抜けして、やにわに静けさを感じる大空を恐る恐る見上げているしかなかった。

翌日出勤すると、工場内のあちこちで重要書類を焼いていた。そして動員学徒の解散式があったのは、終戦の日から三、四日後のことだ。

工場長が「ごくろうであった」と挨拶、鯛めしを炊いて労をねぎらってくれた。泣きながら敬礼した。その後、岸壁から船に乗り移ると、別れを惜しむ汽笛を合図に崎辺を後にしたのだった。

七

「すっかり様変わりしているな、名切谷はさ」

望遠鏡で市街をのぞいていた寿人が言った。

「早くここへ来いと、あそこがおれを呼んでいるようだよ」

そうだろう、生まれ育ったところだもの、と私はその様子を見ながらうなずく。

こちらに顔を振り向けて、

「まさか、あそこ、今も米軍に接収されたままじゃないよね」

と訊くので、戦後は米軍家族の住宅地にされていたが、市民の返還運動で、今は緑豊かな公園に変わった、と説明。一角に空襲犠牲者の慰霊塔が建っていることも伝える。すると寿人は、「ぜひそれを拝ませてもらわなきゃ」と言い、一刻も早くそこへ行きたいふうだ。

バスに戻ると、事情を話し、名切谷で途中下車させてくれるよう頼んだ。運転手は名切谷入口近くにあるデパートの前で私たちを降ろしてくれた。

寿人は目を細めて感慨深そうにあたりを見回している。

「このデパートだけは昔のままだな。この斜め前に映画館があったよね。補導の目が光っている中、あの空襲の夜も隠れて見に行ったんだよ、おれ。エノケンの出てくるお笑いもので、『三尺三五兵衛』とかいうタイトルだった。昨日のことは忘れるのに、昔のことは不思議によく覚えているなあ。家に帰ったのは九時過ぎだった。空襲があったのは、ひと眠りした頃だった。あの空襲では、ほんと死ぬかと思ったよ……」

寿人の語りに耳を傾けながら、私はこの辺に住んでいた同級生のYも空襲で亡くなったことを思い出していた。交差点を渡り、少し行くと、左手の名切グランドで少年たちが野球を楽しんでいるのが見える。

寿人が急に立ち止まった。杖にすがって上体をゆっくり持ち上げると、なんとも表現しようのない表情をこちらに向けた。

「ここらはさ、明倫寺の建っていた所だよね。今でもありありと目に浮かぶなあ。焼け跡の境内にはさ、何百という死体が次々に運び込まれ、いくつもの山ができていた。そして茶毘に付された。喬、おれはその手伝いをさせられたんだぜ」

「えっ、そうなの？　寿ちゃんがそんなことよくやれたなあ……」

私は、名切谷の奥の道路に並んでいたマネキン人形のような死体を思い浮かべ、身震いした。

「だって、うちの楼に居た女たちが大勢死んだのだよ。火葬しなきゃならなかったんだ」

少しひしゃげた声で寿人は言い、きのう明倫寺の坊さんから聞いたという話を始めた。

最近でも、このあたりの曲がり角で和服姿の若い女の幽霊が出た、と駆け込んでくる人がいる。それも一人や二人ではない。かと思うと、このグランド横の噴水を背景に写真を撮ったところ、隅の方にぼんやり若い女が映っていた、と気味悪がる女子高生もいた。

坊さんはそれを見せられ、「空襲のとき死んだ遊女の霊だろう。水のあるところに霊は寄る」と伝え、お焚き上げの供養をした。

「それに……」

と寿人が遊女にまつわる幽霊話を続けようとするので、私は苦笑しつつそれを遮った。

「おれは幽霊なんて信じないよ。聞きたくないな、そんな話」

するとと寿人は、真面目な顔でこう答えるのである。

「おれも信じちゃいないさ。ただこうは言えると思うよ。死んだ遊女たちに、小さくない負い目を感じている人が今もいる。しかもかなりの数いる」

「誰のことを言っているの？」

私が首をかしげると、寿人は、自分を指差す。

「このおれだよ。そしておれの父や母さ」

「わからんな。あの空襲の時、何かあったの？」

私はまた首をかしげて訊く。

「なかったと思うかい？」

「おれに答えろっていうの？　こんな禅問答のようなことやめてさ、話せよ。何があったんだ？」

私が一歩詰め寄ると、寿人はためらうふうに口をもぐもぐさせていた。そして、またもこんなふうに抽象的な言葉を吐くのだった。

「それはね、もしかしたら助けられたかもしれない生命を、おれたち一家が見殺しにした。いや閉ざしてしまったってことなのだよ」

「なんだって？　どういうことだ。それは」

私は寿人の顔を覗き込んだ。彼はしかし、それには答えず、ゆっくり顔をそむけ、杖の音をこつこつ響かせながら、先に立って歩きだした。

しかし、しばらく行くと立ち止まり、あたりをみまわしては、一人でうなずいている。

「ここらは、遊郭への通り道でさ、昔はいろんな商店が軒を連ねていたもんね。公設市場にカフェー、食堂、理髪店、ビリヤードの玉突き場、酒屋……」

寿人の記憶力の良さに感心しながら、私も当時の町のにぎわいを思い出す。

そういえば傘屋、下駄屋もあった。明倫寺の横を上がる坂には、ガラス屋があって……、校則による裸足通学だったため、ガラスの破片を踏みぬいて痛かった……。

「豆腐屋のおばさんや傘屋のおじさん、ガラス屋の娘さん、誰が、どこで、どのように倒れていたか……、今でも目に浮かぶよ」

と、ひしゃげたような声で寿人は語る。

「あたりには焼け焦げた人間の腐ったにおいがたちこめているし、おれはタオルを口に押し当てて、一人一人顔をのぞいてまわったんだ。うちの女たちはいないかと思って……、でも、おおかたは黒こげで男女の区別さえつかないんだからね。見分けはつかない。ただの一人も見つけることはできなかった……。ところが、楼の焼け跡に戻ると、なんてことだろう、おれはそこで変わり果てた彼女らと対面させられたんだ。彼女たちは、一人として逃げ出さなかった。いや、逃げ出せなかった」

寿人は言葉をとぎらせた。みるみるその顔が泣き出しそうに歪む。そして入れ歯の音をがちがち鳴らしつつ続ける。

「彼女たちの居た場所、そこはどこだったと思うかい？　楼の床下に掘った壕の中だよ。しかも壕にはしっかり鍵がかけられてたんだ」

「えっ？　鍵をかい？」

さすがに私はぎょっとして訊き返した。

「誰が、そんなことを？」

「親父にきまっているじゃないか」

寿人は憤慨に堪えないというふうに言い放つ。そして唇をわななかせつつ続けた。

「親父にとって彼女たちは逃げ出されたら困る大事な商品だったのさ。多くは農村などから売られてきた娘たちだったし、確かに空襲のどさくさで逃げ出されたら、楼主にとっちゃ大損さ。だからって、そんなことをして許されると思うかい？　おれはそれを知った時から親父を『人でなし』と呼ぶようになって……それで勘当されたのだよ」

「そうだったのか。知らなかったなあ」

と私は驚きを隠せず独りごちる。

「いや、家を出た理由はそのことだけじゃなく」

と、寿人は普段の話しぶりに戻って続ける。

「ものの価値観、考え方、すべてにわたって親父とは合わなくてさ、雨の日にぬかるみの中で殴り合ったこともある。こんなところにいるものかって、おれは佐世保から飛び立つ機会をうかがってもいたんだ。とにかく堪らなかったんだよ」

悲しげなその目。こんどは何を吐き出すつもりかと、私はその口元を見つめた。

寿人は口が勝手に動くというように、淡々とそのことに触れる。

「床下壕で亡くなった女たちの中に、じつはおれの思う人がいたんだよ。お春さんといってね、母の里の人で、ずいぶんかわいがってもらった。十七歳だったが、十五のおれは、自分の命よりその人を大切に思っていた。それなのにあの夜、おれは自分一人逃げることしか考えなかった。彼女たちは親父が守ってくれると信じていたんだ。お春さんは、透き通るように肌のきれいな人でね、それがあんな姿になるなんて……、きみ、人間を蒸し焼きにすると、どんな色になると思うかい？　どれほどふくらむか知ってるかい？　それにあの臭い。思い出すと、今でも気が変になりそうだよ」

寿人は、柄物のハンカチを取り出し、口に当てた。

お春さん……。

私はその名前に覚えがあった。少年の日、一度だけ会ったことのある、色白で日本人形のようだったあの少女に違いない。いま思えば、当時から二人はもう親密な間柄であったような気がする。

空襲のとき、床下壕では多くの市民が焼け死んだ。一方、機転をきかし、そこから逃げ出して助かった人も多い。しかも床下壕は、行政の指導で作らされたものだった。しかし、鍵をかけられ、逃げ出せなかった人たちがいたなどと、これまで想像したこともなかった。軍港である佐世保には、もうひとつ小佐世保谷にもそういう遊郭があり、多くの遊女たちが客の相手をしていた。地下壕に鍵をかけて逃げ出さないようにした楼主は、はたして寿人の父親だけだったろうか？

それを想像すると、あたり一面満開の桜が、急にいろあせ、灰色がかって目に映る。

今まで意識の外にそれとなく置いたままだったが、今朝、寿人の言っていた「花園町の死者が九人であるはずがない」とは、このことだったのだ。売られてきたため遊女たちは、実の名前を伏せていたのだろうか？　引き取り手のない彼女たちの遺骨はどうなったのだろう？　敗戦後まもなく、ここら一帯は、進駐軍のブルドーザーが入り、整地していた。まさかその下で粉々にされたのではないだろうか？　恐る恐る私は地面を見つめ、言葉を失っていた。

「そろそろ行こうか、慰霊塔のところへ」

寿人がうながした。

道路脇の表示によれば、それは、満開の桜が、あたりに幽玄な雰囲気を醸し出している、斜め向こうの公園の中にある。

近づくにつれ、その一角に建つ、背の高い女人をかたどった白い塔が見えてきた。この慰霊塔は、市民の浄財で三十年ほど前に建てられたものだが、私は佐世保に居ながら訪れたことがなかった。来てみて、気づいた。それは私の家のあったすぐ近くに建っていた。どこからか祖母や母の声が聞こえてきそうだ。

あの二人の女は、どんなにかおれを大切にしてくれたことだろう。彼女たちにまた会いたい。思えば、空襲を生き延びたとはいえ、夫を戦争や過労による病で亡くした彼女たちの戦後は、苦労の連続だった。働きづめに働いて、あっけなくあの世へ旅立ってしまった。そして歳をとるにつれ、妻や私に面倒をかけるようになってきた彼女たちを、私はつい疎んじ、つらくあたってきた……。今さら悔いても仕方がないが、不覚にも滲み出るものがある。聞こえてくるのは祖母が時折弾いていた三味の音だ。見ると、向こうの桜の木の下で花見の宴が開かれている。その中に小さな男の子を連れた老女と若い女の姿がある。

あ、あれは、おれだ、と思った。この時である。ひらひらと黄色い紙きれのようなものが飛んできた。

おや、こんどはモンキチョウだ。やっぱり桜に寄ってきたのか。その舞い上がる姿を追って、ちょっと上体をひねった時である。あたりの景色がぐらりと傾き、頭に衝撃が走った。目から火花が散る。


桜吹雪が舞っている。満開の桜の木を囲み、女たちが歌いつつ踊っている。

――さくら　さくら　やよいのそらを　みわたすかぎり……。

女たちは白いブルカを着て、両手に赤い扇子を持っている。顔は白い布で覆われているためよくわからないが、体つきに見覚えがある。祖母のような、母のような女がいる。そしてその中の一番背の高い女が、こちらに何やら合図を送っている。赤い右手の扇子が、こっちへ来い、というように胸の前でしなやかに動く。

ブルカからのぞいた誘いかけるような大きな目と高い鼻を見て、私はこの女が妻だとわかった。まだ若く出会ったばかりの頃の妻だ。さっきの黄色い蝶がどこからともなく現れ、妻の扇子の動きに引き寄せられていく。私は駆け寄ろうと手を前に出した。


耳の横で、びっくりするような大声で私を呼ぶ者がいた。

「喬。喬。大丈夫か」

目をあけると、こちらを覗き込んでいる寿人の顔が真近にあった。

「立てるか？」

と訊くので、「と、思う」と答え、そろそろ起き上がった。一歩ずつ踏み出してみて、ちゃんと歩けるのを確かめ、ほっとする。恐縮しつつ謝った。

「きみを介添えするつもりのおれが、こんなへまをしでかしてしまって、済まない」

「なんの。かつての野球選手も歳には勝てんってことさ」

寿人は慰めるように言って、ほほ笑んだ。私はたったいま見た女たちの幻影の話をした。

白いブルカを着た大勢の女たちが目の前で踊っていた。その中に妻もいた。夢と違っているのは色があったことだ。桜はもちろん桜色だったし、女たちは真っ赤な扇子を持っていた……。

私のしゃべるのを聞いていた寿人が、首をゆっくり横にふりつつ真面目な顔で言った。

「白いブルカの女だって？　喬にはそう見えたとしても、それは慰霊塔の観音菩薩のイメージからきてるね。舞っていたのは、やっぱり死んだ遊女たちの霊じゃなかったのかなあ」

「ふうん。この塔は観音様だったのか……、知らなかったよ」

私は背の高いその像を見上げ、ひとりごちる。寿人も眩しそうな目で慰霊塔を見上げながら言った。

「これは観音菩薩以外のものじゃない。この立ち姿はお春さんそのものだよ。喬の話を聞いて、おれにも見えるような気がするよ。桜の木の下で、お春さんたちが踊ったり歌ったりしてる姿が……おれのお春さんが、ほんとにひょっこり花の下に現れそうだな」

寿人の言葉を聞きながら、私は思っていた。

幻影にしろ何にしろ、私の目の前に現れたのは、生前、私の身近に居た女たちだ。もしかしたら、これが臨死体験というものではないだろうか、しかし私はさしまねく妻の誘いに乗らず、こちら側に戻ってきた。これはまだこの世で生きよ、ということだろう。

八

「さすがに疲れたね。ここらでひと休みといこう」

寿人は言いながら、リュックから出した新聞をすぐ側の桜の木の下に広げた。

手枕をして横になり、正面に胡坐をかいた私を斜めに見上げながら言う。

「喬もそろそろ杖を持てよ。骨折でもしたらやっかいだぜ」

「うん。しかしおれ、杖ってのはどうもね」

私は、照れている時の癖で、耳たぶをもみながら答える。

「とにかく、こんな歳まで生きるとは思わなかったし、もう長生きの努力はしたくないんだ。転倒したのは、もうその時が近いって受けとめるよ。ろくでもない目に遭ってきたおれだから、痛恨の思いを胸に、その時を覚悟して待つ心境だな」

「なんだって？　そんなことしか言えないのか、きみは。それで一人前の年寄りか？」

　いかにも失望したというふうに寿人は言い、手枕をゆっくり外すと、起き上がった。

　独り言のような寿人の声が耳に届く。

「痛恨の思いね……そんな科白、今のこの時、しっくりこないなあ……それに、もう、もうって何だよ、それ。いろいろあったろうが、この社会、恨みだけでは何も変わらないよ。おれの今の実感は、そう、『悔恨』だよ。これ以外にはない。だって、そうだろうが」

　語気を強め、こちらを見る寿人の目には力がこもっている。

「かつて子どもだったおれたちは、なぜ戦争に反対しなかったのか、と親や教師を恨んだよね。こんどは逆に子や孫から恨まれると思わないかい？　だって、戦争が現実味をおびる安保法を、おれたち大人はつい先日、通してしまったじゃないの。しかしこの件では、おれは、もう駄目だじゃなく、まだ間に合う、まだやれるで、これからもずっと努力し続けたいんだ」

耳に痛く響く寿人のこの言葉。言い返そうにも、私には言葉が見つからない。彼が言うように、現政権はその安保法を強行、数日前に施行された。

私が妻の介護や日々のあれこれにかまけている間に、こういうことになってしまった。戦時に育ち、これほど戦争を憎みながらも、私は政治の問題からはずっと逃げていたのだ。恥ずかしい限りである。つい耳たぶを引っ張り上げると、力んだ声を出していた。

「もう棺桶に片足つっこんでるおれだけどさ、こんなおれでも、また戦争やるのか、って現政権には腹を立ててるよ。何とかしなきゃって気持はある」

私が言うと、寿人の表情がふっとやわらいだ。

「そうこなきゃ。それでまず何をやるかだが、おれたち老人にしかやれないものがあると思わないかい?　なにより、おれたちは戦争を知っている。語るべきものを多々もっているよね。空襲のことや、機銃掃射で狙い撃ちされながら兵器を作った子どもがいたこと、おれたちはその目撃者であり、体験者なんだからさ……」

私は、寿人の言葉に「うん、うん」とうなずいていた。かつて海軍航空廠のあったあの崎辺は、今、自衛隊の出撃基地にされつつある。また、あそこが、この市街が、空からの攻撃を受ける日が来ないとも限らないのだ。寿人が言うように、あの崎辺の地下壕で働かされたことは、語る意義があるかも知れない。

私がそう言うと、寿人はうなずいた。そして自分の坊主頭をなでながらなんでもないことのようにそのことに触れる。

「喬、おれのこの頭、じつは抗がん剤のせいなんだぞ」

私のほうも、それを聞いたからといって、そう驚くことはなかった。私たちの年齢では、ありふれたことで、妻もその病に長く苦しんだ。それで、

「そうか。でも病人のようには見えないが、ほんとかね」

と返す。すると寿人は、うふん、と鼻へ抜くような笑い方をして、

「皆そう言うが、ほんとだ。だが、あまり気にしちゃいない」と答えた。

「誰にでもさ、生まれた瞬間、死という時限装置のスイッチは入っているもんね。そして、このがんという病の良いところは、自分の人生を問い直す時間を与えてくれることだな。幸いおれにも、もう少し時間がありそうだ。しかしうかうかしていると、すぐにその日は来る。佐世保にどうしても帰って来たかった理由は、わが軍港の現実をこの目で確かめ、自分史に書き込みたかったからだよ。そして、空襲で見殺しにされたお春さんたちのことには触れようと思っているんだ。死没者名簿に決して載ることのない、そういう女たちがこの軍港佐世保には大勢いたことをね。おれは生きている限り、そのことを語り、記《しる》すつもりなんだ」

私は、ほうっと吐息をもらした。そしてつぶやいた。

「そうか……名もなく散らされたお春さんたちが、この春の日、桜の木の下にきみを呼び寄せたんだね。そしてこのおれも、しっかりせい、と背中を押されたわ

けだ」

きょうは半日、寿人と行動を共にするうち、その思いがいつか私にも伝わってきていた。

その気になればこの私でも、空襲や学徒動員の語り部になり、手記を遺すことはできる。目の前に今、ささやかでもやるべきことが見つかったせいだろうか、最近になく気持が上向き、まわりの桜の花も本来のピンクに映えてくるようだった。

老人ホームへ入所の件、今回は見送ろう、と私は思った。

寿人は、また桜の花の下にお春さんたちの姿を見ているのだろう。慈しむような表情であたりに視線を泳がせている。

させぼ草双子

一

師走にしてはめずらしい、暖かい日ですね、きょうは。こんな坂の上の家をよく訪ねてくださいました。はい、わたしは年が明けると九十六になります。大正九年の生まれです。この年まで生きているのもね、じつは母が、母さまが、わたしの幼いときに、亡くなりましてね。しかも、あんな死に方だったものですから、おそらく、自分の分も生きてくれ、って願って、それで死なしてくれないのではないかと思ってるんですよ。

あの時、この手でもっと揺さぶってやれば、目を開けたかもしれなかったのに、といまでも悔やんでいます。ほんと、あの夜のことは、昨日のことのように目に浮かびます。

あれあれ、わたしはなにを勝手にしゃべっているのでしょう。そうですか。あなたは、この佐世保に生まれたわたしの、これまでの生活のあらましや思い出を聞きたいのですね。

わたしの話なんて、おそらく女性に生まれたゆえの苦労話になるかもしれませんが、このまま何も言わずには死ねない気もしていたのですよ。

なにせずいぶんと長い間のことですから、うろ覚えのことや思い違いがあるかもしれませんが、なんといってもわたしが生まれた川本家は、藩政時代のご本陣で、佐世保川のほとりの造り酒屋でしたから、目まぐるしい歴史の波にもてあそばれてきたとはいえると思います。

それに、母亡きあと、わたしは祖母に育てられましたから、佐世保が軍港になったころのこととか、昔の話を聞く機会にもおかげさまで恵まれました。では、その祖母の苦労話から聞いていただきましょうか。

二

わたしの祖母のエツが、川本家の長男千太郎のもとに嫁いだのは、十七のときでした。

千太郎は、エツと同じ文久二年生まれの幼馴染の従兄で、「仏の千さん」と呼ばれるほど穏やかで優しい性格の人でした。

その頃の佐世保村は、田んぼにちらほらしか人影がないような農村で、川本酒屋の客も、近くの村里から徳利を下げて買いにくる人がほとんどでした。酒造り用の水は、川の少し上流の山際にきれいな水の湧くところがあって、そこから馬車で運んできていました。

聞いてはいましたが、川本家は佐世保川からこっち、東側一帯の大地主でもありました。屋敷のある相生町あたりから八幡神社にかけて、それよりさらに南東にかけて、折橋、熊野、名切町のあたりまでは川本家のもので、エツはどこへ行くのにも、自分の家の土地を踏まないで行くところはなく、所有地がこんなに広ければ、千太郎さんは見回るだけでもご苦労だ、と思ったとのことでした。地代は年に一回、借りている人が払いにきました。八幡神社の社務所の人が大きな布袋をかついで払いにきたときは、数えるのが大変でした。袋の中には一銭銅貨がぎっしり詰まっていたからです。

一年後には長女も生まれ、張りのある幸せな日日が続きました。そして五年ほどたったころでした。目の前の佐世保浦にあの黒船が姿を現したのです。それは明治十六年八月のことで、その日を境に、この佐世保村は、何百何千という人が目の前をうごめき、なにもかもひっくり返すような騒々しいところに変わっていきました。

その黒船の名前は「丁卯丸《ていぼうまる》」といい、西方の守りを固める海軍鎮守府を置くための適地調査に来たのでした。

この船には、当時は少佐で、後の海軍大将、東郷平八郎が乗り組んでおり、旧本陣の川本家を宿舎になさるというのです。ありがたく引き受けることになりました。このとき、東郷さんはひと月ほど宿泊されました。朝からわらじを履き、エッの作ったお弁当を持って、佐世保浦周辺の海岸や山を見てまわっておられました。そして、夜は千太郎と一緒にお酒を飲んだり、碁や将棋をしてくつろいでおられました。

とにかく訪れる人さえまれな西のはずれの佐世保村にとって、これは大事件でした。村人が煙を吐く軍艦を見たのはこの時がはじめてで、遠くの村からまで見物客が押し寄せました。同時にその客をあてこんで商人がながれこみ、にわか普請の一杯飲み屋や煮売り屋、みやげもの屋が並び、村の漁夫は漁を休んで、見物船の船頭に早変わりするありさまでした。

海軍鎮守府が置かれれば、貧しい小さなこの村が大きく豊かな街に変わるとの噂が伝わり、村人の中には狂喜乱舞の体をあらわす者も出てきました。

でもその様子を横目で見ながら千太郎は、「佐世保が気狂い部落に変わっていく」と眉をひそめていました。

佐世保が軍港に適するかどうかの調査は、それから二年以上にわたっておこなわれました。軍港設置の最終決定のため、海軍の偉い人が二人見えたときも、川本家はお宿を引き受けました。エツは、東郷さんのときと同様、心をこめて接待につとめましたが、千太郎はいまひとつ気が乗らないようでした。

結果として佐世保は軍港として天然の良港と認められ、鎮守府が置かれることになりました。

さっそく用地の買収が進められ、川本家のものだった神社のあるあたりの土地は、真っ先に軍用地にされてしまいました。そして、建設工事が始まると、それまで静かだった佐世保川のほとりも、ごった返す騒々しいところと化しました。川むこうでは海兵団兵舎や上陸桟橋などの建設工事が昼も夜も進められていきました。

佐世保川をへだてて川本家のすぐむこうにも、鎮守府関係の庁舎が建つことになり、工事が始まりました。なにせ工事現場はすぐ目の前ですから、いやでもさまざまな音響が耳に飛びこんできます。つるはしの音、鎚の音、土砂の崩れる音、親方らしい人のかけ声、大八車の車の音、牛車や馬車の行き来する音、そして鼓膜を破らんばかりのダイナマイトの爆発音、その騒音はあわただしく、気ぜわしく、人の心を逆なでするように、夜明けから日が落ちるまで聞こえてきていました。

そして、あれよあれよという間に、その騒音は村中に広がっていきました。ダイナマイトの一発一発が、山を削り、崖を崩し、森林が、沼が、それに田んぼや、畑までが、情け容赦なく潰されていきました。またたく間に森林は平地となり、消えた沼や田や畑のあとには家が建ち、道路がつくられていきました。

ほんとにその早さは恐いくらいでした。それこそ普通でしたら十年も二十年もかかるものが、この佐世保村では、まるで魔法でもかけられたように、目の前の風景が、あっという間にがらっと変わっていったのです。そして、金鉱でも目指すように荒々しい顔つきの人たちが群がってきました。

旧本陣の屋敷のまわりにもいつの間にか、金儲け目当てに他所から移住してきた人による商店や小料理屋がずらりと並ぶようになりました。その中には酒屋も何軒かありました。川本酒屋の酒はあまり売れなくなり、腐らせてしまうことが二年続きました。千太郎は次第に酒造りに身が入らなくなったようで、エツはそれが気がかりでした。目の前の急激な変化を受け入れられずにいるのがよくわかりました。

千太郎はこう言って嘆くのです。

このありさまは正気の沙汰じゃない。手品師に化かされたようだ。そしてこの変わりようは、村人自らの意思によるものではない。だからいずれ報いがくる。エッは千太郎のぼやきを、やきもきしながらも黙って聞いているしかありませんでした。

こうして佐世保鎮守府が開庁したのは、明治二十二年暮れのことでした。次の年、四月二十六日の開庁式に、明治天皇がお見えになることになりました。その折、川本家の真ん前に大急ぎで架けられたのが行幸橋です。

川本家の蔵にあった殿様用の蒲団やお膳、茶道具類を貸し出すことになり、それらはすべてこの橋を通って川向こうの宿所「知港事庁」に運ばれました。割烹、調理方は長崎から呼ぶことになりましたが、お供の方の宿泊は、また川本家が引き受けることになりました。

当日の佐世保村のにぎわいは大変なものでした。朝からやわらかい春の雨がしとしと降っていましたが、行幸橋のたもとには緑葉で埋まったアーチが建ち、式場へ向かう何千人もの人が、あとからあとからこの橋を渡っていきました。

もちろん川本家の屋敷も隅々まで拭き清められ、幔幕がはられました。花火が間断なく打ち上げられ、日が暮れると、家の軒に飾り提灯がならび、辻々には篝火も焚かれました。

「海の門が開いた」とは、誰が言い出した言葉でしょう。いつかそれは、村人の挨拶言葉になっていました。

もちろんそれまでの佐世保も、海に向かった門をまったく閉ざしていたわけではありません。向後崎の狭い港口を通って、漁船や旅の人の小舟は自由に佐世保浦に入ってきていました。でもそれだけでは、さびしい西の果ての農漁村のままでありつづけたことでしょう。

今や軍港となって初めて村人は、この静かな入江にとうとうとそそぐ外洋の波のうねりを感じ、この村の未来をまったく変えてしまうだろうとの予感に満ちて、こういう合言葉を交わすようになったのだと思います。それでもその夜、遅くまで酔いしれる村人のなかにあって、古い佐世保村へのいとおしさの消えないらしい千太郎は、どうしてもこの言葉を自分のものにはなし得ない様子でした。エツには慰める言葉が見つかりませんでした。

このころからでした。千太郎が川沿いにできた料理屋に入り浸り、毎晩ぶっ倒れるまで、酒を呑むようになったのです。そして、べろんべろんになって帰ってきては、わけのわからぬことをわめきつつ、刀までふりまわすようになったのです。エツは六番目にやっと生まれた男の子陸郎《ろくお》を抱いて、近くの親類の家に逃げ込むこともたびたびでした。

千太郎が酒に溺れるようになって、もはや川本酒店は立ちゆかなくなりました。エツがせっせと集めてきた地代も、かたっぱしから取りあげ、千太郎は料理屋に運ぶのです。思いあぐねたエツは、この千太郎とともに大阪の専門病院を訪ねたこともありました。しばらく入院もし、完治したかに見えた時期もありましたが、佐世保に戻ってくるとまたぶり返すのです。そして最後は、とうとう喉頭がんにかかり、四十四歳という働き盛りにこの世を去りました。

このとき跡継ぎの長男陸郎は十四歳でしたが、父親の酔態を見ながら育ったせいか、自分は決して酒呑みにはなるまい、と心に決めたそうです。

三

この陸郎がわたしの父です。大阪の学校で建築学を学び、佐世保に帰ってくるなり、勇み立って持ち山を開墾、自分で設計した家をつぎつぎに建てていきました。川本家の財産はおれの代に倍増するぞ、というのが口癖で、それは、父の代にかなり失ったものを、自分が取り戻してみせるという意気地だったような気がします。いつも上座に座り、厳しい表情で皆を睨めまわしていましたが、お酒が少し入ると、別人のように陽気になり、幼いわたしを抱き上げては、こんど結子《ゆう》に赤い着物《べべ》買うてやろうな、などと言っては喜ばせてくれる甘い一面もありました。

母チヅは、平戸藩松浦《まつら》家の出で、廃藩のとき、百姓姿を村人の目に晒したくないと、福島県に移り住んだ人たちの間に生まれました。目鼻の濃い眩しいほどに美しい人でしたが、子どものしつけには厳しいものがありました。わたしはいつも縮こまって、泣きながら食事をしたこともたびたびでした。

でも楽しかった思い出もあります。

わたしがもの心つく頃、父は海軍鎮守府に勤めていましたが、台湾に転勤になりました。わずか一年でしたが、親子三人、川の字になって寝ていたその日日は、ほんとうに嬉しいものでした。佐世保にいるころと違って、父も母ものびのびとしているようで、幼いわたしには時がゆっくり流れるようになった気がしたものでした。

母があんなに晴れやかに美しい花のように見えたのも、その短い間だけでした。

母は片ときもわたしを側から離さず、優しく甘い声で語りかけ、湯船にもいっしょにつかってくれました。母のつるつるした膚にぴったり接しているわたしの小さいお尻が、つるっと滑ってしまいそうで、溺れるのではないかと心配で、ついしがみついたときのここちよさ。母の胸の中の安心さとあたたかさは、愛されているという実感以外のものではありませんでした。

でも、佐世保勤務に戻ってからの父と母の間には、なにやらわたしにはわからない霧のようなものが漂いはじめたようでした。川の字で寝るのは変わりませんでしたが、母がしくしく泣いていることがあったのです。

「母さま、どうしたの。お父さまがいじめたの？」

わたしは胸をゆさぶってたずねました。そんなとき母は、

「なんでもありません。いらぬ心配をせず、子どもは早く寝るのですよ」

と言って、かすれた声で子守唄を歌いだすのが常でした。

悲しい出来事は、わたしが七歳のときに起こりました。私はその頃は母の側で

はなく、二階の川に面した部屋で祖母と一緒に休んでいました。

ある夜更けのことです。

「大変だ。チヅが……。おばあさん、すぐ来てくれ」

階段の下から聞こえる父の頓狂な声で目が覚めました。祖母につづいてわたしも下りていきました。父は今帰ってきたばかりらしく、外出用の羽織姿で、母はひとり、蒲団の中であおむけに寝ていました。

「眠り薬の空き箱がある」

と父がうめくように言いました。祖母は、その顔をのぞくなり、

「あれ、これは大事。早う濃いお茶ば飲ませんば」

と言って、台所の方に走っていきました。

父はしきりに「チヅ、チヅ」と母の名を呼んでいます。わたしも、「母さま、母さま」と何度も呼びました。母は息をしているのか、いないのか、身動きひとつせず、真っすぐ天井を向いたままです。祖母が茶器を持って戻ってきました。

母を抱き起こし、

「チヅさん、チヅさん、ほら、これ飲んで」

と言いながら、自分の息を吹きかけ、ほどよく冷ましてから、その口に茶を流し込みました。そうすると、母は低い声で一言、「結《ゆう》ちゃん」と言いました。

「はい、母さま、結子はここにいます。母さま、母さま」

と、わたしはその耳の側で何度も叫びました。父が呼んだのでしょう、まもなく医者が二人駆けつけてきました。胃の中のものを吐き出させたり、洗浄したり、手を尽くしてくれましたが、母はもう二度とわたしの名前を呼んではくれませんでした。三日間眠り続けて、そして逝ってしまったからです。

駆けつけた伯母が、

「陸郎がまた妾のところにいっとったとやろ。チヅさんもまた正妻なんだから、気を強う持っとけばよかとに」

と、ひそひそ祖母に話しているのが聞こえました。眠り薬の量を間違えて、飲み過ぎたのだろう、と父が申し開きをしていました。

わたしは涙が涸れるまで泣きました。

そして、母のいない日が始まりました。

三ヵ月後、伯母たちのたっての勧めで、父は二番目の奥さんをもらいました。でも、この海軍御用達商人のお嬢さんは、「二号がいるから」という理由ですぐに実家へ戻ってしまいました。また伯母たちが動いて、三番目の奥さんがきたのはそれから数年後のことです。

眼鏡をかけたど近眼のこの正代さんは、事務員として父が雇ったことのある人でした。いつもにこにこと愛想がよく、継子のわたしにも一度として怒った顔を見せたことがありませんが、夫に妾がいることには当然ですが、苦しんでいるようでした。一時は憂鬱症にかかり、「別れる。出ていく」と言っていましたが、いざとなると、離婚届けに判子を押そうとはしなかったそうです。

すでに玲子さんが生まれていましたから、こどものために思いとどまったのでしょう。

わたしの父は、祖父のように酒に溺れることはなかったものの、寄ってくる女性をしりぞけることはなかったのです。それというのも、自分が開墾した土地に建てた家は五十軒以上ありましたし、やはり五十ヵ所以上ある地代は、黙っていても入ってくるしで、懐具合がいつも豊かだったからでしょう。それに、欲しいものはなんでも手にしているように見える父にも、求めて得られないものがひとつありました。跡継ぎの男の子です。

じつは、わたしには年子の弟がいたのですが、その子がわずか二歳で死んでしまっていたのです。わたしが三歳のときということになりますが、父に似てりりしい顔つきだったというその弟のことは、まったく記憶にありません。

その後、なぜか母には子どもができませんでした。父が妾をもつのは、ただ男の子が欲しいからだ、と祖母が伯母に漏らしていたことがありました。子どものわたしは、それを耳にしたとき、父という人がわからなくなりました。なぜそんなに男の子にこだわるのだろうかと思ったのです。つい父のやっていることを冷ややかな目で見ている自分に気づきました。

わが家の夕食は五時と決まっていましたが、父は必ず家族とともにすませていました。それから風呂に入り、そのあと六時ごろには、自分の部屋をそろっと出て、裏口から出ていくのです。そして朝には家に戻ってきて寝ており、朝食もきちんとわたしたちと一緒に食べていました。

ところが、そのうちに父は朝食までに戻らないようになりました。それは妾が二人に増えたからだ、と祖母がまた、たまたま立ち寄った伯母に言っているのを聞きました。

わたしはひと月も前から、父が朝帰りするのに気づいていたのです。目が覚めると、わたしはカーテンを開け、窓の下を行き来する人を眺めるのが好きでした。

目の下は佐世保川に架かる行幸橋ですが、鎮守府や工廠の通勤時間になると、どこから湧いてくるのかと不思議なほど人が集まってきて。その橋がまっ黒になるほどでした。そしてその流れに逆らって、むこう岸から急ぎ足で帰ってくるのが父でした。きゅっと口を結んで、いかめしい顔つきでこちらに向かって歩いてくるのです。

いま思うのですが、妾通いというのは、父にとっては仕事であり、跡継ぎの男の子をなんとしてもつくらねば、という焦りからのものではなかったのでしょうか。とにかくあの頃のちょっとゆとりのある男性は、皆、妾がいました。うちの屋敷のむこうの通りには、芸者さんの検番がありましたし、その上の通りを少し行ったところにも、もう一軒、古いほうのがありました。このあたりはその置屋さんがずらっと並んでましたし、料理屋で宴会があると、必ずその人たちが呼ばれるです。選り取り見取りとあって、父も自然に手がのびたのでしょう。

父の最初の妾も芸者さんでしたが、古いほうの検番の真ん前に小料理屋を一軒、持たせてもらっていました。ただこの女性には子どもができず、父はより若い人を新しく妾にし、橋のむこうの新築の家に住まわせていたのです。父の望みに応えてこの女性は、たて続けに子どもを生みました。しかも、三人目が丸々とした健康そうな男の子だったので、父は大喜びし、この子を引き取って育ててくれるよう正代さんに頼んだそうです。すると当然でしょうが、

「うちゃ、そがんとは知らん」

と正代さんは怒って断ったそうです。

その正代さんが、一人娘の玲《れい》子さんに父の悪口を言うのを何度も耳にしましたが、それはそのとおりだとわたしも思いました。

「お父さまは女の人を子どもを生ませる道具としか思っていないのよ。人間とは思っていないのよ。レコちゃん、あなたはこんな男と一緒になっちゃ駄目よ」

この正代さんに比べ、わたしの母は、ただの一度も父のことを子どものわたしに悪く言ったことがありませんでした。ただ泣いていただけです。それでも夜も眠れないほど苦しんでいたのは確かです。眠り薬を備えていたほどですから。

かわいそうな母さま。

わたしは母の死を、薬の量を誤った事故によるものと信じ込まされていました。でも子ども心にも、うすうす何かあるな、とは感じていました。ただそのことについては、禁忌であることがそれとなくわかっていましたので、ともすれば浮き上がってくる疑いを、胸の底に沈めるようにつとめてきました。

ところが、わたしが女学校を卒業した年の春でした。遊びに来ていた福島の従姉が、何気なく口にしたのです。

「チヅ叔母さまが自殺されたのは、ちょうど桜の花が咲く今ごろでしたわね」

そのあからさまな言い方に、わたしはびっくりしました。そうではないかと疑ってはいたものの、まさか、と信じてはいなかったからです。目を丸くしたままわたしが何も答えられずにいると、従姉は沈んだ表情を浮かべて続けました。

「駆けつけるのが間にあわなかったのを、母は今も悔いていますのよ」

わたしはめまいを覚えながらたずねました。

「どんなふうに、悔いていらっしゃいますの」

すると従姉は言うではありませんか。母さまは自分の姉たちのところには、それをほのめかす手紙を出していたのだそうです。それによりますと、母さまは跡継ぎの男の子をもう生めない体であるのを悩んでいた。それを理由に当然のごとく妾通いをする夫のもとに、これ以上とどまるのは耐えられない。

「……いっそのこと、と思うことしきり……」

そんな文面の手紙を受け取った伯母は、「これは、このままでは死ぬな」と思い、すぐにでも飛んでいき、子どもを連れて家を出るよう勧めるつもりだったそうです。ところが、屋根普請の大工さんがちょうど入っていて、すぐには家が空けられなかったのです。

「それでむざむざ死なせてしまったって、悔しがりますの。でも結子さんは、明るく活発なお嬢さまに成長されて、これは、お祖母さまのおかげよねって、母は喜んでますの」

「さあ、明るく、と言えますかどうか……」

従姉との会話は、そこで途絶えましたが、母の死の理由を知った衝撃は、よりこみいったかたちの棘となり、わたしの心に刺さったままになりました。男の子が生まれないからって、自分で死ぬなんて、母さまのバカ。わたしがいるじゃないの。子どものわたしを放って逝ってしまうなんて、ひどい。母親らしくないそんな母さまを、わたしはいつまでもお恨みしますから……。

つぎつぎにこみあげてくる思いは、幼かったあの日を上まわるほどのものでした。

四

この従姉は、わたしより四歳年長でしたが、その後、東京に出て、そのころ女性では珍しい新聞記者になりました。それに比べ、わたしはあまりにも家に縛られ、そこを出立することなどできないと思い込んでいました。

それというのも、母さま亡きあとのわたしは、童話にある「灰かぶり小娘」のようなものだったからです。わたしの面倒を見てくれた祖母のエツは、辛抱強く気丈な人でしたが、やはり古い時代の人で、「もったいない」が口癖の検約家でもありました。

それに、昭和六年の満州事変に次ぐ上海事変、そして日中戦争が始まって、世の中が厳しくなるにつれ、二人いたお手伝いさんも一人になりました。おまけに父の三番目の妻、正代さんは家事が苦手とあって、祖母も仕方がなかったのでしょうが、幼いわたしを召し使いのように使いはじめたのです。

この祖母がいてくれたから今のわたしがあるとは思いますが、とにかく学校から帰ってからも、ほっとするひまはありませんでした。

旧本陣の屋敷は、昭和の時代になっても、屋根のある大名門や白壁の塀などにその面影をのこしていましたが、門を入るとすぐに広い池になっていて、殿さま用の籠を置く平らな石橋が架かっていました。その池には大きな緋鯉がたくさん泳いでいて、その鯉に餌をやるのが幼い頃のわたしの役目でした。

このほか、父が鳥好きで、裏庭にチャボや長鳴き鳥、クジャクなど大きいのも入れると、百羽あまりを飼っていましたが、その餌作りもわたしがやらされました。大根葉とかを刻んで、ぬかや水と混ぜて与えるのですが、冬の寒い日など、手がかじかんで、けっこうつらいものでした。そして成長するにつれ、わたしの役割は増えていきました。毎日の食事の後片づけはもちろんですが、三つもある大広間の掃除もわたしがすることになりました。はたきをかけたり、床を艶拭きしたり、祖母の指導のもとにやらされました。おかげで手にはいつもまめができていました。そのほか小さいほうの蔵には真っ白の殿さま用の夜具とかお膳、茶碗などがびっしり詰まっていましたが、その虫干しの日は、これまた幼いわたしも大忙しでした。

殿さまが休泊されるときの「しきたり」を書いた和綴じの書類とかもありまし

たが、それは、わたしには触らせず、祖母が自分で大切にあつかっていました。この虫干しの日に、祖母がころんで骨折し、そのまま寝たきりになったのは、昭和十八年、八十一歳のときでした。

当時、わたしは地元の女子青年団の団長を引き受けており、毎日、何かとひっぱり出されることが多かったのですが、合い間をみて介護をさせてもらいました。それというのも、正代さんは介護とかはまったくやる気がなく、祖母もそれを望んでいなかったからです。祖母に寄りそったこの日々は、わたしにとっては貴重なひとときでした。

元気なうちは口数の少ない、というよりはゆっくり話などするひまのない人でしたが、体が動かないようになってからの祖母は、昔のことなどをよく語ってくれるようになったからです。それでわたしは母さまの終わりの日々の苦しみについても、じかにこの耳に入れる機会に恵まれたのでした。

祖母が亡くなる何日か前のことでした。その枕元で、夕食後のほうじ茶をいれているわたしに、祖母は問わず語りでそのことを口にし始めました。

「チヅさんの膚は真っ白やったもんね。髪の毛も黒く密で、体の蔭のところもそうやった。年に一度は子の産める良か女やった」

わたしの手の動きが止まりました。先をうながすように、その目を食い入るように見つめました。祖母が何か大事なことを話そうとしているのがわかりました。

仰向けに寝たままの姿勢で祖母は少し目を細め、続けました。

「それが、どうしたものか、結ちゃんと坊やを年子で産んだ後に、死産をしてね、その後は子ができんやった。それでわたしや陸郎の姉たちが病院で診てもらうのをすすめたの。そしたら案の条、誰からもろうたものやら毒が見つかったらしいのよ。陸郎は知らん顔して何も言わんし、わたしはおろおろするばかりで、どうしてよいのかわからなくてね、チヅさんは病気が病気だから、一人で悩んどったんやね。長崎まで出かけて、二度治療してもらって、こちらに帰ってきてからも病院に通ってたけど、治らんやったのかねえ。そして、ある朝、気づいたと。チヅさんの炊事ばする首筋に小さか赤い斑点のいっぱい出とったとよ。それを言うと、びっくりしたような顔をして、自分の部屋のほうに走っていって……それから は取り付く島がなかったねえ。あのとおり誇り高い人で、何も言わず、なぎなたで切りかかってくる時のような表情を浮かべているものだから、こっちも腫れものに触るようにして、それ以上くわしいことが聞き出せなかったのよ。治療が遅れると死ぬかもしれない病だったし、母子感染で死産にもつながっただろうし、最後は脳にくるとも言われていたからねえ。おそらくチヅさんは、自分の体がもうぼろぼろで、子どもは産めん体になったと思い込んだんだろうよ。人目をはばかる恥ずべき病をなぜ自分が、とも思ったろうし、正面から病に向き合う気力がもう残っとらんやったとやろうねえ。あの陸郎がきちんと身を慎んでいてくれさえすれば、と悔やまずにはいられないよ。あの陸郎も、子どもの頃はそりゃ優しい孝行息子でね、『俺は酒に呑まれたりはせんで、母さんを絶対幸せにしてみせる』て言いよった。それはありがたいことで、お金はたんと入るようになったけど、妾通いを日課にするようになって、いつのころからか、親の意見は聞く耳持たずになってしまって……」

ここで祖母は言葉を途切らし、痩せさらばえた手をのばし、枕元の小箱を引き寄せました。そしておぼつかない手つきでそれを開けると、何やら折りたたんだものを取り出しました。そしてそれをわたしに差し出したのです。

「じつは、結子さん、チヅさんはあなたにだけ遺書を遺していたのですよ。枕の下にありました。抱き起こしたときに気づきましたが、誰にも見せずにわたしが持っていました。あなたがまだ小さかったので見せないほうがよいと判断したのです。家族で話し合って、チヅさんの死の原因も伏せることにしました。嗅ぎつけたよたもの新聞の記者が押しかけてきてましたからね、あのときは……」

祖母から受け取った三つ折りの紙切れは、もう黄ばみ、涙のあとのような茶色のしみが点々とついていました。それを開くと、折れくぎを並べたようなこんな文字が目に飛び込んできました。

「結ちゃん、親がいのない母さまでごめんなさい。これからはおばあちゃまの言うことをよく聞いて、そしてきっと幸せになるのですよ。母さまはお星さまの一つになっていつも空からみていますからね。　母さま」

読むなりどっと涙が溢れてきました。

「チヅさんは最後まで結子さんのことが気がかりだったんですね。側にいながら、わたしも何の助けにもならなくて……すまないことでした」

万感の思いのこもったその祖母の言葉を、遠くからのように聞きながら、わたしは何度もうなずいていました。

祖母は、次の日あたりから食事が喉を通らなくなり、やがて静かに彼岸に旅立ちました。

五

わたしに見合いの話があったのは、祖母の忌が明けてしばらくたってからでした。

相手は、召集されていた満州から帰ってきたばかりの青年で、目のきれいな人でした。職業は画家ということでしたが、わたしは一目で気に入りました。もう二十三になった「灰かぶり娘」に、やっと王子様が現れたのです。

父が屋敷の側に小さな家を建ててくれましたので、その谷口暉彦さんとままごとのような生活を始めました。仕事がまだ見つからずぶらぶらしていた彼は、そこらを歩きまわっては驚きの声をあげていました。

「佐世保というところは、ラッパと三味線の街だな」

言われてみて、わたしもうなずきました。

海軍鎮守府が川むこうにあるこの相生町界隈は、ほんと「花の街」なのです。小料理屋、料亭、芸者屋がずらりと並んで、むこうの通りの相生橋のたもとには、三階建てのそれこそ雲に届くかと錯覚する高い妓楼がそびえています。三味の音や華やかな嬌声の響かない夜はなく、女のわたしでも見とれるような、艶やかな和服姿がしょっちゅう目の前を行ったり来たりしているのです。

ある夜、彼が正体もなく酔って帰ってきました。父がさる料理屋に呼び出したのだそうです。そして、きみに言っておきたいことがあると言って、父がまず語り出したのは旧本陣、川本家の由来だったそうです。

いつの頃からか、川本家の先祖は平戸城の近くで造り酒屋をやっていたが、その娘に、殿さま気に入りの側室になった者がいた。娘の父親が佐世保に新しい店を出すことになると、そのとき川べりのその家、つまり今の我が家はご本陣となり、街道から佐世保川にいたる一帯も川本家に下された。

ところが廃藩になり、おまけにこの佐世保が海軍の根拠地になるにつれ、この名家川本家も、もみくちゃにされ、風前の灯になった。

時代の変化に同化できず、かなりの財産を食いつぶして、父親の千太郎は崩れ去った。しかし自分の代になって、その財産をまたかなり増やすことができた。ひいては、先祖代々受け継がれてきた川本家の山、土地、家は自分自身の子、しかも男の子にしか譲る気はない。

父はそう宣言したそうです。つまり長女であっても、わたしに養子をとることはしない。川本家から出し、生活の援助もしない、というのがその日の父の用件だったわけです。

彼にとってそれはどちらでもよいことでした。財産目当てで結婚するわけではなし。むしろそんなものはないほうがよいと考えていた人だからです。

「とにかく我が家のじゃじゃ馬をもらってくれてありがとう」

そう言って父はそのあと何人かの芸者さんを呼んだそうですが、彼は彼女らと戯れる気にもならず、飲めない杯を重ねるうちに、つい悪酔いしてしまったとのことでした。

「とにかくきみのお父さんは、格式と金銭にこだわる人だってことがわかったよ」

彼の報告を聞いて、わたしは複雑な思いでした。女だからとわたしを相続人から外すのなら、誰に後を継がせようとしているのでしょう。継母の正代さんにも女の子が一人いるだけなのですが、父の五人の姉たちには男の子を産んだ人もいます。でも父は、自分の子の、しかも男子にしか跡目は継がせない、と言い切ったというのです。

釈然としないまま月日は流れ、わたしは当然のなりゆきとして身重の体になりました。

彼は優しく欲のない人でしたが、定職についていませんでしたので、家計はいつも火の車でした。映画の看板描きや、お店の売り出しのちらし作りなど、頼まれたことは何でも引き受けていましたが、それではどうにもなりません。わたしは、正代さんに頭を下げて米や味噌をわけてもらうことがたびたびでした。

やがて長男が生まれましたが、私たち夫婦に対する父の冷ややかな態度は変わりませんでした。彼に対して、どうしてあれほど気どりすました独りよがりの横柄な態度をとるのか、わたしにはわかりませんでした。正代さんでさえ「けちん坊」と陰口をたたくほど、財産を増やすことに汲汲として、貧しい画家の彼を軽く見ているとしか思えませんでした。ただ住む家だけは屋敷の側にありましたので、薪割りや菜園の世話など、正代さんが下男代わりに彼を使っていました。わたしも大掃除や来客の多いときなど、なにかとひっぱり出されては手伝わされました。

そういう中、太平洋戦争の戦況が追いつめられるにつれ、アメリカ軍の戦闘機が日本のあちこちに爆弾を落とすようになりました。そして海軍基地のある佐世保にも「B29」がたびたび飛来し始めました。空襲警報の鳴る日が続きました。そして、とうとう昭和二十年六月二十八日のあの夜が来るのです。

六

その日の夜半、わたしは生まれて八ヵ月の長男を抱き、縁側であやしているところでした。自家中毒で下痢を起こしていた長男は、気分が悪いのでしょう、いつまでも泣きやみません。子守唄を歌いながら、わたしは眠気、そして疲労感に耐えていました。

「大空襲の公算大なるにより厳重なる警戒を要す」

町内会長をしている父が、枯草色の国民服にゲートル、地下足袋姿でその通達を回してきたのは昨日のことでした。でも昨日は何事もなく過ぎ、今日も朝から雨が降り続き、佐世保の街を一気に洗い流すかのようでした。その雨もゆうがたには一時やみましたが、夜になってまた降り出しました。それで、こんな夜にまさか空襲もないでしょう、とわたしは夫と話したことでした。

いつ空襲があるかもしれないそんな夜でも、表向きは閉店しているように見える角の小料理屋からは、賑やかな嬌声があがっていました。

突然のことでした。急に空が明るくなり、赤く染まったかと思うと、爆音が聞こえてきました。これは空襲だ、と思い、あわてて寝ている夫を起こしました。

この時、空襲警報のサイレンが鳴りました。鉄かぶとをかぶりながら夫が言いました。

「お前は隣のお父さんのところへ行け。おれは家を守る」

わたしは長男を抱いたまま、裏口から実家に駆け込みました。父に従って床下に掘った防空壕に入ろうとしますと、正代さんが力いっぱいわたしを突きのけ、自分の娘の玲子さんを先に入れ、その次に自分が飛び込みました。

わたしも隅のほうにやっと入れましたが、長男を押しつぶしそうで心配でした。あたりが真昼のように明るくなり、空気が熱くなってきました。殿さま用だった大広間に焼夷弾が落ちたのでしょう。障子の燃えあがる炎が板の隙間から見えます。

「ここにいても駄目だ。逃げよう」

父が言うより早く正代さんは、またも長男を抱いたわたしを突きのけ、まっ先に壕を飛び出し、十歳にしては体の小さい玲子さんの手を引いて、どこかへ飛んでいってしまいました。火の手のまわるごうごうという不気味な音が高まってきます。床下壕を出て、自宅に戻ろうとしたときでした。顔じゅう血まみれの人が這い寄ってきました。腕や足にもけがをし血を流しているのが夫だと気づき、わたしは足がすくみ、動けなくなりました。あえぎあえぎ夫が言います。

「庭におちた焼夷弾が爆発した。鉄かぶともゲートルも吹っ飛んだ。布団をかぶせて家に燃え移るのを防ごうとした。が……その上にまた落ちてきて……どうにもならんかった」

その焼夷弾が今も火のあられとなってわたしたちの頭上をかすめます。

「何をしている。早うここに入らんか」

父が家の前の排水溝の蓋を開け、わめきます。あわててそこへ逃げ込みました。中は意外に広いのですが、底が丸くなっているため足掛かりがありません。長男に火の粉がかからないよう、足元の汚水に浸からないよう、わたしは気が気でなく、両足を精いっぱい広げて踏んばりました。ところがまもなく溝の中には、鼻をつく濃い臭いとともに煮えたぎった醤油が流れてきました。隣の醤油屋さんがやられたのです。

あつっ。あっちい。こいじゃ、やけどすっよ。前の人、早う出てください。後ろから入ってきた近所の人がせっつくのですが、出口にいる父はなかなか出ようとしません。排水溝の先は佐世保川で、そのむこう岸の造り酒屋が炎上していたからです。呻くように父が言いました。

「酒が、三千石の原酒が、炎ば吹いて川に流れ込みよる。ああ、もったいなか」

どれくらい経ったころでしょう。むこう岸の火の海が少しおさまってきましたので、わたしたちは亀のようにそろそろ這いながら行幸橋のすぐ横の排水溝から川原に下りることができました。怪我をした夫は、すぐにぐったりと横たわり、長男は泣く力もなく死んだようになっていました。

　わたしはその時、この子をなんとか助けたいと、ただそのことばかり考えていました。

「しっかりするのよ、坊や」

　語りかけ、どうしたらよいかとあたりを見まわすわたしの視野に飛び込んできたのは、すでに焼け落ち、裏の蔵のあたりから黒い煙を上げている本陣屋敷の最後の姿でした。それが映画の一場面か何かのように、わたしの目の前に大写しになりました。

　このときでした。警防団の人の叫び声がきこえました。

「川本さんの奥さーん、ご主人が危なか。赤ちゃんを誰かに預けてこっちに来てくださーい」

　誰かに預けてって……こんなときに、死にかけている子どもを人に預けられるはずがない。わたしはとっさにこう答えていました。

「すみません。今、子どもから手が離せません。主人はそちらで救護所に連れて行ってくれませんか」

言うなり、お湯のように沸いた佐世保川の流れでおむつを洗いました。長男はまっ黒の便をしていました。これは死ぬ前の兆しだと聞いていましたので、「とうとうこの子は死ぬのか」と、涙が溢れて仕方がありませんでした。

その長男をやむなく父の手にゆだね、夫が運ばれている救護所に向かったのは、それからまもなくのことです。被災者でごった返していてどこが道かもわかりません。

川沿いに行く途中、消防自動車のポンプの上で消防夫さんが真っ黒になって焼け死んでいるのが目に入りました。焼けぼっくりのような、男女の区別さえわからないような人が、あちこちにころがっています。子どもを背負ったまま倒れている人もいました。これが地獄でなくてなんでしょう。やっとその公園に辿り着いたのですが、そこは、とても救護所とはいえないところでした。夫は日の射す草むらに、ただごろっと横たえられていました。

「あなた、大丈夫？　すぐ来れなくてごめんなさい。坊やが死にかかっているもので」

　わたしが言うと、夫は恨みがましい目をこちらに向けて、言い放ちました。

「子どもはどうでもよかろうが」

　わたしはこの言葉に悲しくなりました。

　子どもはどうでもいい、とはなんという言い草でしょう。わたしは坊やの身代わりになれるものなら自分が死んでもいいとさえそのとき思っていたのですから。これは同じ親でも、女と男では違うということなのでしょう。でも、すぐに駆けつけてこなかったわたしへの夫の不満もわかります。夫も大怪我をしていたのですから。わたしが泣きそうな顔をしていたからでしょう。夫は、優しくこう言ってくれました。

「お前がしっかりしていてくれなければ。そういう意味だよ。お前が無事でいてくれてよかった」

この言葉に気を取り直し、テントの中にいる医者の方に近づいていきました。

「このままでは、夫は死んでしまいます」

と訴えました。

すると、年配のその医者は、くたびれはてたようなろれつのまわらないしゃべり方でこう言うのです。

「ここは一時の救護所ですから。どこか病院を探して連れて行ってください」

「あなた、もうしばらく待っててね」

夫に声をかけ、わたしはまたどこが道かもわからない所を辿り、燃えくすぶっているわが家のあたりに戻りました。そして警防団の人に、戦災に遭っていない病院に運んでもらうよう頼みました。その海軍家族のための海仁会病院でやっと夫はまともな治療をうけ、仮死状態だった長男も、注射を打ってもらい、一命をとりとめることができたのです。

ところが、ほっとしたのも束の間でした。

三日後の七月一日、夫に赤紙が届いたのです。三度目の召集令状でした。七十日の延期願いを出しました。そして幸いなことに、四十五日目に終戦となったのです。

「これでおれは一人も人ば殺さんで済んだ」

そのとき夫は、ほっとしたようにそう言いました。

北支那と満州に召集されたときも、夫は浄水器で飲料水をつくったり、馬の世話をしたりして戦闘には加わらないで済んでいたのです。余った飲料水を分けてやった代わりに、ギョーザをご馳走してもらったりとか、支那の人との交流の思い出もたくさんあるとのことです。

しばらくして、夫の実家のある福岡の病院に転院し、わたしも同行しました。

六十日目に足の傷口から弾の破片がでて、夫はどうにか日常生活に戻ることができました。

それからわたしたちの戦後の生活が始まりました。

この敗戦で、日本海軍の中心としての佐世保は、あたり一面の焼け野が原になってしまったのですが、わたしたちはこの街で、なんとか生きていかなければなりませんでした。父たちは、佐世保川の少し上流にある小山の掘っ立て小屋で仮住まいを始めていました。それでわたしたちもそこへ身を寄せることにしました。自分たちだけさっさと逃げた正代さん親子は、山道を通ってまっすぐここに辿り着き、無事だったのだそうです。

わが子を守るために必死だったのでしょうが、あんな火急のときにも冷静で、頭の働く人だと感心しました。夫は、毎日山を下りては知り合いから分けてもらった食べ物などを運んできました。

まもなく、看板を描いていた映画館の人の勧めだとかで、小さな喫茶店を開くことになりました。このときはわたしもお芋のケーキを作って協力しました。でも、思ったよりお客さんは来ず、一年もしないうちに閉店しました。しばらくは苦しいその日暮らしが続きましたが、叔母の連れ合いの校長をしている人が、中学校の美術教師の話をもってきてくれました。夫は、

「生徒の作品に点数をつけるなんて苦手だな」

などとぶつぶつ言いながらも引き受けることになりました。

これでやっとわたしたちも生活のめどが立ったというものです。

七

この敗戦でうちのめされ、なかなか立ち上がれなかったのは、父でした。ご本陣だった屋敷をはじめ、五十軒以上あった貸家のほとんどが焼けてしまったのですから、それは当然のことでしょう。焼け出された人のほとんどは行方が知れず、

亡くなった人も多く、しばらくは家賃も地代もまったく入りませんでした。

そこへ戦後の新しい法による財産税の取り立てがきたのです。それは先祖代々受け継いできた土地のかなりの部分を手離さないと払えない額でした。山小屋の片隅でそろばんをはじき、「俺の代に何もかも無くしてしまう。ご先祖様に申し訳ない」とつぶやいてはため息をつく日が続いていました。

八幡神社の社務所のあった土地を手離したあとに、本陣屋敷とわたしたち夫婦の小さな家があったあの行幸橋前の土地も、人手に渡りました。

秋も終わりの頃でした。たまたま通りがかりに見たのですが、屋敷跡はいつのまにか進駐軍の兵隊さん向けのダンスホールになっていました。

「只今、ダンサー二百人募集中」の貼り紙を見て、わたしは別世界に足を踏み入れたような気がしました。進駐軍の後援とかで、街のあちこちにこういうダンスホールができ、花火のようなネオンサインが夜中またたくようになったのは知っていました。そして三味線の音に代わって、なんともテンポの早いジャズの大音響が通りまで溢れているのは、なにもここだけではありません。それでも、海軍に代わってこんどは進駐軍がのさばるのか、との被害者意識に襲われるのをどうしようもありませんでした。

複雑な思いで、わたしはかつて検番があったあたりに目を移しました。もちろんそこも焼けていましたし、そのまん前にあった父のお妾さんの家も丸焼けになっていました。その焼跡がいつまでも片づかないのを見て、わたしは複雑な思いにとらわれました。

海軍さんとともに華やかなさんざめきを見せていた芸者さんたちも、敗戦による海軍鎮守府の解体とともについえ去ったのでしょうか。それはそれで仕方のないことだと思いました。わたしは母さま亡き後、もし父がお金持ちでなかったら、と想像することがありました。そしたら芸者さんと遊ぶこともなく、妾にして通うこともなかった。そんな病気を母さまにうつすこともなく、母さまはまた元気な赤ちゃんを何人も産んで、死ぬなんてことはなかったかもしれない。芸者さんなんていなくなればいい。そう思うこともたびたびだったのです。それでも父のお妾さんという人は、卵形の顔の気だての良さそうな女性でした。戦局が厳しくなると、徴用令が発令されたとかで、検番の事務所の二階でせっせと包帯巻きや白衣作りをさせられておられました。わたしが父の使いでお会いしたときの彼女は、もちろんあでやかな裾模様ではなく、きりっとしたもんぺ姿でしたが、やっぱり粋というか、芸を誇りとする人の品の良さを感じたものです。

それに海軍さんとともに栄えたといえば、小佐世保谷や名切谷の遊郭街のことを忘れるわけにはいきません。その界隈には、公認された遊女さんの館が目白押しで、三階建ての楼閣がずらっと並んでいましたが、あの大空襲で、やはり一軒残らず灰になりました。

そこへ進駐軍が上陸してくるというので、防波堤を造らないと一般婦女子が襲われるからと、こんどは焼け残った映画館のあたりに、「特飲街」などというものをでっち上げた人たちがいました。

これは国と警察のお達しらしい、と映画館の人から聞いた夫が語っていましたが、あとで調べたところでは、内務省が敗戦直後に、占領軍向けの性的慰安所設置の指令を各県に発したからだとのことでした。佐世保にも何十軒かのそういう慰安所ができ、生き残った遊女さんたちがかき集められたそうです。いってみれば、その人たちは生贄として占領軍に差し出されたのでした。

それを聞いたとき、わたしは同じ女性としてくやしくてたまりませんでした。占領政策の手加減を策したのだろう。許されない屈辱的外交の一ページだ、と夫も憤慨していました。ところが米軍側は、この貢ぎ物をすぐに敬遠し始めたのだそうです。

慰安所の前に「オフ・リミット」の立札を立て、進駐軍兵隊のこの地区への出入りを禁じてしまいました。その方の病がはびこることを恐れ、進駐軍は、こういう公然とした売春を頭から否定したようなのです。

代わりに、派手な化粧、身なりの都会ずれした印象のお姐さんたちが、旅行用のトランクを手にどこからともなく現れました。そして、手の切れるような紙幣をちらつかせながら、部屋探しを始めました。進駐軍部隊の屯所に近い貸し家を次々に彼女たちが占領したとの噂が伝わってきました。彼女たちは、つり上げた高い家賃を惜し気もなく払ってくれるのだそうです。そして肉や野菜、米を豪勢に買い求め配達させるのです。わたしは当時、敷布とかをワンピースに仕立てて着ている有様でしたので、「パンパン」と呼ばれる彼女たちの目を奪う原色の服や奇抜な化粧に、別世界のハナを見るような眩しさを覚えていました。

屋外であれ、路上であれ、ところかまわず嬌態をしめす彼女らのふるまいに、父は眉をひそめて言いました。

「日本の男子を見下し、アメ公に媚を売るとはな。あの女どもは自分が日本人であることを忘れとる」

すると、ここで彼女たちをかばったのは正代さんでした。

「あの姐さんたちも食べるために必死なのですよ。それにアメリカさんが落とすお金でこの街が潤っているのは確かです。姐さんたちがいればこそ、うちの玲子たちも安全なんじゃありませんか」

戦後つよくなったのは女と靴下だとよく言われますが、正代さんの場合は、ほんとにそのとおりでした。意気消沈している父に代わって、一歩前にでる言動が目立つようになりました。

正代さんの提案で、父は焼け跡のあちこちにその姐さんたち向けの簡易アパートを、しぶしぶですが、建て始めました。部屋は建てる端からすぐに埋まりました。

このアパートの賃貸収入で、父の資金繰りは少しずつ円滑に回り出したようです。

一時はダンサーの数一千人、この「パンパン」のお姐さんが八千人などと新聞記事にありましたが、これも、進駐軍の兵隊さんは、ダンスをし、女性のアパートに招ばれ、ウイスキーでも飲みながらの自然な愛の交歓というかたちを望んだからなのでしょう。

でも、やはり戦争をする軍の基地につきものの不幸の種の病が広がったのは避けようもなかったようです。その方の病気が蔓延し始めたらしいのです。進駐軍のお達しがあったとかで、「パンパン狩り」というものが始まりました。寄せ集められた姐さんたちは、行幸橋の少し下流にある平瀬橋横のなんとかいう病院で検査を受け、場合によっては入院させられて治療を受けていました。やがてダンスホールやキャバレー、レストランなどで働くすべての女性の検診が行われるようになったそうですが、いたちごっこだったというふうに聞いています。

それにしても、かつてわたしが毎日見下ろしていた行幸橋のあたりが、特別に濃い原色が目立つ特異な界隈に変わってしまったのは、なんといってもくやしいことでした。

あの空襲で、藩政の世の歴史をとどめる本陣屋敷は焼失したわけですが、それだけではなく、そこで生きた先祖たちの喜び、悲しみ、そしてそこで成長したわたしの大切な想い出までが、土足で踏みにじられたような気がしたからです。

でも、わたしはひとつだけ燃えずに遺ったものがあることをお伝えすることができます。あの空襲のひと月ほど前のことでした。わたしと夫は、一つの家宝ともいうべきものを荷車に積んで運び出していたのです。

それこそ川本家が本陣であったことを示す二双の屏風です。この山小屋の隅に運び入れていたため、空襲にあわずにすみました。

参勤交代や長崎勤番の折、佐世保ご本陣で昼ご飯を食べたり宿泊をした殿さまは、そのつど襖に日誌を書きつけておられたのです。

「何月何日　ここに来た　天気はよい　お米もよくできていて言うことなし」

とか書いておられるのですが、川沿いの佐世保宿がよほどお気に召していたのでしょう、百年あまり二代にわたって立ち寄られていますから、それだけこの地が、休むのに安心で、平和なところだったことを示しているのではないでしょうか。

この屏風は、平和だった佐世保村の証なのです。

わたしは、くたびれた表情でそろばんを弾き、ため息をついている父に言いました。

「お父さま、お金や土地、屋敷は失っても、川本家にはこの宝が遺されました。これは、気を落とさずしっかりなさいませ、という思し召しのような気がします」

父はこのとき何も応えませんでしたが、その表情がほんの少し明るくなったのは確かでした。

八

敗戦のとき、この父はもう五十の坂を越えていたのですが、戦後の混乱が落ち着いてくるにつれ、徐々にかつてのやる気を取り戻していきました。

かなりの土地を失ったとはいえ、開墾する余地のある山がまだいくつか残っていたのは幸いでした。そこに新しい家を建てたり、市街地にある古い貸し家を今風に建て替えたり、建築家としての本領を再び発揮し始めたのです。このほか、ぜひに、と求められて、高校の数学教師もつとめるようになりました。

ほったて小屋を出て、佐世保港を見下ろす丘の上に大きな門構えの家を新築したのは、玲子さんが中学生になったときでした。また好きなチャボや鯉を飼い始め、傍目には幸せな家庭生活を送っているように見えました。

ところが、父は二人の妾との関係をその後も続けていたのです。それは正代さんが大騒動したことでわかりました。

あの空襲で彼女たちも焼け出されたのでしたが、あの優しそうな卵形の顔の人は、正代さんが怒鳴りこんで行くと、こう言って返したそうです。

「あんな没落地主のけちん坊。のし付けてお返ししますわ。あたしはね、いまは三味線で門付けしておまんまいただいてんですよ。ここの家賃だって別の旦那さんに出してもらってんのに。それを何さ」

　奥の部屋にはうちわを使っている年配の男性の姿がありました。まあ、この女は二股掛けていたのか、と正代さんは二の句がつげなかったと言います。もう二度と会わないことを約束させたのはさすが正代さんです。

　もう一人の若いほうの人は、そう簡単にはいきませんでした。父の子どもが三人もいたのですから、当然のことでしょう。しかも父は自分によく似た末っ子の男の子を特別に可愛がっており、跡目相続する約束をしていたらしいのです。これを知った正代さんは怒りを爆発させ、その家に押しかけました。そして別れてくれるように迫ったのです。どういうやりとりがあったのか、くわしいことはわかりませんが、それ以来、その女の人は代償として過大な財産の分与を父に要求するようになりました。顔を見るたびに、金、金、とせびり、その手続きを急ぐ様子に、父も嫌気がさしたようです。

「もうあの女のことは知らん。金の亡者だ」

と、山の上の我が家まで上がってきては、子どもたちをモデルに絵のキャンバスに向かっている夫に愚痴をこぼしていました。しばらくして女の人の兄さんという人が東京から出てきて、正代さんも交えて話し合いがもたれました。その結果、何百坪かの土地を受け取ってもらって、やっとけりがついたとのことです。

それからまもなく、その男の子が亡くなり、女の人もその方の毒が出て入院したということを聞きました。わたしは母さまと弟のことを思い出し、自然に手を合わせていました。

そのころ、わたしは卵形の顔の人のその後を、正代さんから聞く機会がありました。

「二股かけるだけあって、さすが彼女はしたたかな軍港芸者よ」

正代さんは、軍港がある限り彼女たちは決して消え去りはしません、と言ってため息をつきました。

アメリカ軍の進駐とともに、にわかに活気づいてきたのが土木事業だったそうですが、時ならぬ景気に恵まれた業者さんは目まぐるしい工事の合い間にも、進駐軍の将校さんたちをもてなすことを忘れませんでした。そのパーティで、賑々しく活躍するようになったのが彼女たちでした。三味線に合わせて踊る日本舞踊のあでやかさは、やはり進駐軍の将校さんたちの目をも惹きつけたようです。日米親善の宴席に彼女たちが頻繁にはべるようになったのは、当然の成り行きでした。そして彼女たちは、戦後一番お金を持っている彼らを逃したりはしません。だからその人が、米軍のさる将校さんとくっついたと聞いても別に驚きはしなかったそうです。その人は軍港芸者の役割を立派に果たしているだけですから。ただこうは思ったとのことです。

敗戦で日本の軍港が滅びたその同じ土地で、英語の片言を覚え、和服姿のままダンスのステップを踏む胸中に、ほんの少しの後ろめたさとかはよぎらないのだろうか。

正代さんの言うことを、わたしはうなずきながら聞いていました。

でも考えてみれば、それが芸者さんなのではないでしょうか。佐世保検番というところは、株式会社とのことですし、所属する芸者さんたちは稼いだ金額の順に名前が書き出されるというではありませんか。彼女たちはお金に媚びるつもりはなくても、偽りの愛情表現を強いられつつお金を稼がねばならない、という立場の人たちなのです。それは、軍港芸者だからというより、それが彼女たちの仕事なのです。

わたしがそう言うと、正代さんは、

「でも、そんなこと、ほんとはどうでもいいことだわ。問題は、わが家の主よ、ね」

と意味ありげな表情を浮かべて言うのです。

「妾たちはやっと追っぱらったけど、そのときはもう、うちの主、頭は薄くなってるし、動作ものろのろときてる。あたしは陸郎と一緒の墓に入るのはごめんこうむりますからね」

わたしは、はっとしてその顔を見つめました。これは、夫の妾通いにほとほと愛想をつかした女の率直な科白そのものではないでしょうか。思えば父より十一歳年下の正代さんも、女として決して幸せとはいえない人生を送った人でした。

わたしは最近、父のことを調べることがあって、戸籍抄本を取ったのですが、死亡届けの箇所を読んで驚きました。なぜならこう記してあったからです。

「川本家の一族で、同居の者が川本陸郎の死んだことを届けます」

どうしてそのとき、正代さんは「妻が届けます」と記さなかったのでしょうか。籍には入っていても、心は妻ではなかったということでしょうが、いつ頃からそんな気持になったのだろうか、とわたしは考え込んでしまいました。それならなぜ、離婚届けに印を押すのを拒否したのだろうか、とも思いました。

そして父が亡くなった後の財産分けは、すべて正代さんが取り仕切ったのですからね。

わたしは、この小さな山と、もう一ヵ所、山の斜面にはり付いたような家を何軒かもらっただけですが、街のあちこちにある車の入る良い所は、すべて正代さん親子が自分たちのものにしました。八幡神社裏に並んでいた海軍士官さん用だった高級住宅も、そして、あそこも、ここも、父が、「お前にやる」と言っていたからと言って取ってしまいました。

それはそれでいいのです。夫も、棚からぼたもちは身につかない、と口癖のように言う人でしたから、異議申し立てはしませんでした。でもこうして年を取って坂を上がれなくなってきますと、やっぱり継子扱いをされたのだな、と恨みがましい気持ちになるのですよ。とにかく、わたしは気持の問題として、事前の相談くらいはしてほしかったと思いますね。正代さんは陸郎と同じ墓には入りたくないと思いながらも、財産目当てで側を離れようとはしなかったのでしょうかね。それだったら、やっぱり寒々としますね。

腹違いの妹の玲子さんは、そういうことでかなりの不動産を手にしたのですが、結婚した東京の男というのが、どうもね、いえ、それまでは真面目な勤め人だったそうですが、妻が遺産を相続したとたん、酒呑みの賭け事好きに変わったのだそうです。わたしは結婚式でしか会ったことはありませんが、朗らかそうな、見映えのする青年でしたよ。それが、あっという間に妻の財産を蕩尽したそうですから、あきれましたね。金に群がる良くない友だちに囲まれてもいたようです。玲子さんはそれで、子ども二人を連れて別れたと聞きましたが、転居通知も来ませんしね、いつか正代さん親子とのつき合いは途絶えました。

そもそもね、正代さんは、父の通夜にも葬式にも出なかったんですよ。年忌にも一度だってきてくれたことはありません。集まってくる父方の親類と顔を合わせたくなかったのでしょうよ。おそらく。

長年連れ添った相手にこういう態度を示されるとは、父もかわいそうな人ですね。わたしは自分の父親ですから、やっぱり少しはかばいたくなります。

父は、新しく開いた土地に、住み心地の良い家を次々と建て、多くの人に喜ばれました。そしてわたしたち家族を養ってくれました。少なくともやるべきことはやったといえると思います。ただ家長としての立場もあって、跡継ぎの男の子を望むあまり、自分の妻に真に向き合い、愛し続けたとはいえません。その点は、女性の一人としてわたしも許せません。そのつけは倍返しで返ってきたようですが、それだけでなく、軍港にこそ濃く澱むその毒の恐さを、父はあまりにも軽く見ていたのではないでしょうか。自分だけは逃れられると思っていたように思えてなりません。

わたしは、父が遺した病床日記をかなり経ってから読む機会がありました。この日記は、正代さんが亡くなったとき、玲子さんが届けてくれたのです。

「これ、母の遺品の中にありました。お姉さんには読んでいただいたほうがよいと思って」

彼女は、この黒い皮表紙の手帳をわたしに手渡しました。

それを開くと、そこにはまぎれもなく父のきちんとした文字が並んでいました。日記帳なのに、なぜか日付けがなく、入院前後のあれこれの思いを覚え書きふうに書きつけたもののようでした。

咳と痰が出るといって、父が肺浸潤の疑いで病院通いを始めたのは、たしかわたしに五人目の子どもが生まれたばかりのときでした。入院してからは、病気が病気だから病院には来ないほうが良い、と正代さんが言うし、わたしも赤ん坊に感染でもさせたら大変と、足を向けずにいました。ですから、父の怖ろしい病のことをこの日記を開くまでは知らなかったのです。父の味わった終末期の苦しみを思えば、わたしはいつも言葉を失います。

はい、これが父の遺した闘病記です。

九

朝、病院に検査に行く途中、どうしたはずみか急に日記をつける気になった。それでこの手帳を買った。しかし日記といっても、俺の性格からして気の向いたときに思うことを書きつける雑記帳のようなものになるだろう。ま、それでよいのではないか。思いたったが吉日だ。

俺の世過ぎの種は地代、家賃の取り立てだが、こんな不景気の世にあってはつらいものだ。無い人からふんだくるのだからな。母子家庭の婦人から取れずに戻ってくると、正代は、「あんたは人が良過ぎる。またろくでもない考えば起こしよるとやろ」とののしった。「夜逃げでもされたら取り損なうとよ。あんたには任しておけん」とも言った。

こちらもむかっ腹が立ったので、「そんならあの家にはきみが取りに行け。この焼餅焼きが」と答えていた。俺は家を建てたり壊したりするのは好きだが、どうもこの集金というやつは性に合わない。

不思議なもので、病気をして初めてかつて味わったことのない恐ろしさと、わけのわからぬ朗らかさを覚えるようになった。日記をつける気になったのは、単に記録の意味ではなく、これからが真の人生の歩みであるような気がするからだ。とにかく体の調子が悪い。道を歩くのが億劫でならぬ。しかし貸家数軒の改装をしている途中なので今のところ休養もできぬ。

身体がかったるいので、きょうは現場に行くのを休むことにした。下腹の調子が悪く、息がせつない。体が健康であったらなあ、と深い溜息が出る。

終日なんだか体がだるい。火鉢にあたって立つ時も、ドッコイショ、とかけ声をかけねばならぬありさまである。腰の調子も悪い。

正代は、「やりかけた仕事は早く自分で片付けなさいよ。あたしにはわからないんだから」と尻をたたいてくるが、どうにもならぬ。最近とみに起こる心の動揺。死への怖れ。これをなんとか治めなければ、現場に行っても仕事にはなるまい。

何かをやりとげるまでは死にきれない思いがする。ただ何か、が俺にはまだ見つからない。これまではレールの上をただ黙々と歩いてきた。幸福。それを俺の場合、瞬間的にでもよい。獲得しえればよいのだが。それは死の直前かもしれぬ。

地主会の若いやつの節句に招ばれているのに、きょうは声の調子が悪い。挨拶をするのにかすれ声とはな。右肩から耳にかけて痛む。

宴会に酒。

床の間の反対側の舞台にはたくさんの武者人形が飾ってあった。大きな鎧、甲、幟。金時や桃太郎などの人形が、大小のケースに入れられ金色燦然として眩し過ぎた。

俺は、ついに男の子に恵まれなかった。

いや、生まれるには生まれたが、幼いうちに死んでしまった。だが、俺が退けた長女結子には、また数日前に男の子が生まれた。五人目の孫ということになる。顔はまだ見ていない。

俺の病気は肺浸潤の疑いだが、なら、孫には近づいてはならない。自戒しなければ。

右の横腹痛し。少し動いただけなのにこんなに疲れるとは、俺の病気は相当悪い。また肩筋が痛みだしたので土産を持って先に帰る。

早く回復したい。家を壊したり、建て替えたりしたい。本陣の陸郎は健在だということを見せてやりたい。本陣の屋敷があるうちは、そこに住んでいるというだけで俺は一目おかれていた。どこに行っても粗末な扱いはうけなかった。それがどうだ。今じゃ痩せさらばえ、死に脅える一介の老人にすぎない。

食欲なく体調悪し。やはり声かすれる。終日寝てくらす。一寸動くと疲れるから。腰の具合も悪い。俺の体はどうなるのか。「動かんけん食欲の出んとたい」は正代の言葉。それにしても正代はどうしてこう油っこい西洋料理ばかり並べるのか。俺が昆布と鰹節でだしをとった吸い物が好きなのは知っているくせに、ビーフシチューとはな。鏡を見ると、顔色どす黒く、淡黄色も混じる。これはあの空襲のとき、貸し家の地下壕の中で蒸し焼きになっていた人間の顔と同じ色だ。嫌な気分。

この病気は一進一退と聞いてはいたが、こうやつれてくると心細さは増す。正代は、療養所へ入ったらどうか、という。入ったら、もう出て来れないような気がして、俺はもうしばらく娑婆に居たいのだが、痰の量も多くなったし、咳もひどい。いかにも肺病のようだ。

だが、入るにしても、やりかけている数軒の改装を済ませてからだ。

咳、痰に悩まされ、近所の医者に往診を頼む。食べると生汗。味がしないのは薬のせいか。頭重し。この日記も闘病メモになりはてた。医者は「咳は自然に止まるでしょう」と言うが、細りに細った足を見て、「ほんとかな」と首をかしげる。鼻の中にカサができて、血の塊がでた。

「どこまで人が好いのか」と正代が僕を睨む。

あの母子家庭の婦人に家賃をまけてやったのを怒っているのだ。「親子心中でも起こされたらこっちが困るやろもん」と俺が言うと、「あの女は死にやしません。いつかも玉屋の食料品売り場で値切っているの見かけたけど、あつかましいだけです」と返す。一円でも帳尻が合わんと気が済まんのか。とかくこの女は欲深だ。それに痰の始末のたび、さも嫌そうにぶつぶつ言う。あすから自分で焼く、と宣言した。往診の医師は、「たばこをのんでますか」と、この病気がそのせいであるかのように訊く。たばこ。これだけはやめられぬ。

痰の始末に挫折。ついに、ここ、佐世保川上流にある北病院に入院とあいなった。病室から川の流れを見渡せるのがよい。

俺の育ったあの大きな家の窓からも、居ながらにしてこの佐世保川が見えた。俺の家に沿ってわが家の一部のように道ひとつ向こうを流れていた佐世保川。俺の先祖たちは皆、この川を見ながら育ち、そして死んでいったのだ。

おれは今、この水音を聞いていると、これまでになく気持ちが落ち着く。病と闘ってやろうという気になる。検査の結果、肺浸潤に加え、腰のカリエスとの診断。ギブスに入らねばならぬ。これは結核菌で骨が溶ける病らしいが、今は特効薬があるから大丈夫と隣のベッドの男が言う。腰が痛いのは、なるほどこれだったのだ。ちょっと歩いても息切れがする。それに両足がしびれる。このしびれ、これもカリエスのせいか?

昨夜の雨のせいか、川の音が激しい。痰づまりで先月は三人死んだ。ペニシリンのショックでも二人だ。俺の検痰の結果は三号で、菌はわりに少ない。それより両足にしびれが出てきたのが気になる。医師に伝えると首をかしげ、ギブスの関係かな、と言った。このしびれが全身に広がらなければよいがと不安になる。麻痺止めの丸薬が今日から出た。

足、手の麻痺とれず、血液検査をしたが、医師はとくになんとも言わない。俺がどうだったかと訊くとこちらの顔を見ないまま、薬を出す、との答え。昼から赤い丸薬が出る。

動くと腰が痛い。しびれがまだとれぬが、これはどこからくるのか。医師に訴えても回答なし。検痰の結果は五号で前より悪くなっていた。

医師の回診があったが、なんとも言わない。

夜、突然、暉彦くんがきた。赤ん坊がつたい歩きをするようになったと嬉しそうに話す。こういう報告も、会って抱けない身では、かえってつらい。自分の描いた絵を写真に撮ったのを取り出して、「どうです？　一瞬にして永遠でしょう？」と自慢するが、俺はただ、「ふうん」とうなったままだった。

九十九島の夕陽を描いたというが、この華々しい赤は、どうもあの大空襲で燃え上がる屋敷を連想していけない。それにもうひとつ、あの大火事のことも。十一歳のときだった。屋敷の真ん前で叔父が経営する旅館から出火、あたりの七戸が全焼する火事があった。その夜も俺の父親はなけなしの金をつかんで遊びに出かけ、家にはいなかった。こちらに燃え移りはしないか、と半狂乱の母を助けて、俺も池の水を汲みあげては消火につとめた。

暉彦くんが、その写真と結子が作ったといういなり寿司を置いて帰った後も、俺はあの火事のあった日のことをあれこれ思い出していた。

あの日、明治三十八年五月五日は、特別偉い人が来るというのでまわりがざわついていた。それは韓国特派大使伊藤博文公のことだった。博文公は明治政府の最高権力者で、日本国憲法を起草した人であり、日清戦争をやった功績で侯爵に、日露戦争の時期からは韓国との交渉に力を入れ、韓国統治の業績で公爵の位を得た人である。

その日の朝、屋敷の裏木戸から叔父が入ってきて母に相談していた。博文公は「ほうき」とあだ名されるほど女という女をなで切りにする人らしい。心配だから今夜はうちの娘をあずかってもらえないか、というものだった。母は笑って答えていた。お若い方ならともかく、博文公は還暦を過ぎていらっしゃるお年ですよ。いやいや、うちは海軍のお偉いさんで懲りてますからな。確かにお宅の娘さんは特別おきれいですものね。そんなにご心配ならどうぞ、うちへよこして下さいな。

十一歳の少年にとって、そのやりとりは刺激に満ちたものだった。いくら偉くなったからといって、女をなで切りになんかしていいはずがない、と思った。まして川本旅館のその従姉は、そのころの俺の憧れの人だった。しかしなで切りって、どんなふうにやるのだろうか。大人の秘密をあれこれ想像し、一人で赤面したものだった。そしてその真夜中に大火事はおこったのだった。

当時は日露戦争の真っ最中だったのに、海軍の御歴々から多額の見舞金とともに心のこもった挨拶状が届いたことは、後々まで一族の語り草となった。

手足のしびれつづく。ペニシリンのほか、あすからストマイを打つ。麻痺もこれで少しは治る、と医師が言った。

そして低い声で、「若い頃遊んだことがありますか」と訊くので、「ある」と答えた。

ということは……いずれにしろ、病気の根源がだんだんはっきりしてきた。

歩くのに足がしびれて床から浮き上がったようだ。腰も痛い。このしびれ、何とかならないか。「六〇六号ば打てばようなるよ」と、わけ知り顔で隣のベッドの男が言う。

回診があった。「毒があるので長引く。あるいは死ぬまで治らぬかもしれない」と言う。

死ぬまで治らぬとは。俺もついに崖っぷちに立ったわけか。人生もこれで終わりという宣告か。俺はつとめて平静に、このしびれだけは何とかしてほしい、と頼んだ。

ことがあまりにも切迫してきた。あとどれくらい生きれるのか。しびれがこれ以上すすめば、この日記も書けぬ。ちょうど桜の季節とあってきょうは花見弁当が出たが、まったく入らない。俺は六十ぐらいではまだ死にたくないぞ。

あさ起きてみて足のしびれがいくぶんか違っていた。気のせいかもしれないが薬が効いたようだ。ところが手のしびれはいよいよひどくなり、字を書くのもかなりおぼつかなく、もどかしい。腰の痛み強し。これは拷問だ。

起きると雨が降っていた。手足のしびれ激化。天気のせいか。動けない体になってしまうのか、と不安はつのる。

診察があった。またしびれを訴えると、薬を変えてみるとのこと。右耳下の痛みも訴えた。ふむふむと言って口中を調べていたが、もようを見る、と言って病室を出ていった。頼む。早く何とかしてくれ。

今日から新しい薬を五本打つと言う。麻痺止めらしいが、えらく大きな注射器を使うものだ。腕は肱から先だったしびれがだんだん肩までのびて、ものを握るのに不自由になってきた。字もゆっくりしか書けない。これでも俺のはゆっくりしたテンポらしい。今さらのように過去のおこないが後悔される。用心していたつもりだが、いつの間にかやられた。これは自分で招いた罪以外のなにものでもない。

窓の外の桜の木でうぐいすがさえずっている。体がぞくぞくするほど美しい鳴き声だ。

終日、しびれに悩まされる。腰の具合も悪し。

回診で、右の胸の下に雑音が聞こえるとのこと。心臓弁膜症ではないかと言うが、心臓は左にあるのではなかったっけ？　いずれにしろ、また新しい病気が加わった。まさか俺は延髄障害による心臓麻痺で最期を迎えるんじゃなかろうな。

頭が痛い。めまいがする。毒がとうとう頭にきたのではないか。死の足音が近づいてくる。ぐいぐい暗い世界へひっぱっていかれるようだ。頭が頭痛のためのの箱のようだ。これを言い表せることばなどない。叫び声を俺はあげたらしい。隣のベッドの男が看護婦を呼んでくれた。

夢を見た。炎の中、俺は誰かに六尺棒で背筋を押さえつけられ動けない。その棒がやせこけた俺の体にえぐるように食い込む。悲鳴をあげたとたんに目が覚めた。

この病気は過去の罪の報いか。天による折檻か。正代が来たので、この夢の話をすると、「あんたはろくなことにはならんさ。身から出た錆たい」ときた。ああ、言わなきゃよかった。この女、事務屋としての才にはたけておるが、まるっきり情が無い。上流社会の婦人をもなで切りしたという博文公に比べると、おれのやったことなど、涙ぐましいほど慎ましやかなものにすぎないではないか。

注射が二本。薬も朝夕四服、昼二服、計十服。薬の副作用か、食事がおいしくない。

しびれはひどく、動くのが億劫。日記を書く手の力が入らず、うまく書けぬ。だが病に抗うつもりで俺は書き続けている。

急に帰宅したくなったので、外出許可を看護婦を通じ申し込んだ。医師の回答は、五号患者は許可できない。それでも強いて外出すると言うのなら責任は持たない。しかしどうしてもというのであれば帰ってよい、とのこと。いざタクシーに乗ると、自宅ではなく結子の家に向かっていた。運転手は気のいいあんちゃんで、あの坂道を軽々とおぶって上ってくれた。

手足のしびれは思ったよりひどく、外を歩くなどできない有様だったのだ。

結子はさすが門前払いはしなかったが、俺の触った戸口などにその都度スプレー式の消毒液をふりかけていた。赤ん坊はもう歩けるようになっていたが、襖の影の俺に気づくと、火がついたように泣き出した。無理もない。骨と皮だけの俺は、おそらく幽霊か何かのように見えただろうから。
俺が歩けないようになって孫が歩けるようになった。何だか身代わりができたようで少し朗らかな気持になった。

十

父の闘病記を、わたしはなんともいえない気分で読み終えました。不思議に涙は出ませんでしたが、そこには死に直面した人の欲も得もない真情がつづられていると思いました。手遅れになるまで、父はどうしてその毒の恐さに気づかなかったのでしょう。この病、末期には人間的なものをひとつひとつ失いながら、死に向かって進んでいくというではありませんか。叫ぶしかない痛みに加えて、暗澹たる前途が残されているだけという絶望感の中で、父はよくこれだけ冷静に、きちんとした文字で書き遺したものだと感心しました。病んだ父の苦しみを、わたしはほとんど理解していなかったのです。申し訳ないことでした。

正代さんと共に父の看病をしたはずの玲子さんに、父の最期の日々の様子を改めて訊いてみたくなりました。

玲子さんに電話をし、デパートの近くの「白ばら」という喫茶店で会うことになりました。

玲子さんの話では、その後父は、頭に毒がまわり、あらぬことを口走るようになったそうです。宙を見つめて、そこにその人がいるように話しかけるのです。それは、父の内面が病気の進行で言葉としてほとばしり出るかのようでした。そしてそれは、こんな言葉だったそうです。

……お前、俺はお前がかわいそうでならぬ。どうして死んだのか。もしや俺が永久にお前を忘れないようにと、あんな死に方をしたのか。おそらくそうだったのだね。自分が死ぬくらいなら、なぜ憎い俺にこそ、それを盛らなかったのか。俺は本望だったのだぞ。あれ以来、俺は脱け殻だ。家族を養うために俺はただ生き、働いてきただけだ。

お前は恐くなかったのか、死が。俺は恐い、死ぬのが。もっと生きたい。それでも早くお前に会いたい。死んだら会えると思うと、朗らかな気分になる。だが、俺はやっぱり恐い、死ぬのが……。

こういう科白を延々と吐くので、正代さんは当然、心象を悪くしたのでしょう。父の息が切れた時、勝ち誇ったような表情で笑いながら言ったといいます。

「やれやれ、やっとあんたはしゃべれなくなったね。これであとはあたしのものさ」

これを聞くと、正代さんが父の死をそれほど悲しめなかったのがわからないではありません。でもそんなことより、わたしは、玲子さんの話から、父は父なりにわたしの母さまを心から愛していたことを知ることができ、熱いものがこみあげてきたのでした。

「言ってみれば、わたしたちの父親は明治憲法をくそ真面目に体現した人だったのですね」と玲子さんは言いました。

「そして結子姉さんのお母さまはその犠牲者だったのですわ」

わたしは、率直なその物言いに、うなずいていました。父や母の育った明治とは、ほんとに女にとってどういう時代だったのでしょう。ここでふり返ってみるのも無駄ではないように思います。

明治政府は、国策である富国強兵のために、そして諸外国にひけをとらない近代国家をつくるためとして、「大日本帝国憲法」を発布し、女性を人間として認めない「明治民法」を実施しました。

その内容というのがひどいもので、選挙権は男子のみに与えられて、女性には政治的発言を許さないことになっていましたし、相続関係でも男系主義とされ、たとえ婚姻外の子であっても、男子でさえあれば、嫡出の女子より先立つのです。そして妻は、その財産のすべてを夫に管理され、蓄えることも、動かすことも、借金することも、人に与えることも、すべて禁じられたのです。こういう妻の無権利の上に一夫多妻制が公認されていました。夫が死んだときの遺産相続も、子、孫、妻の順になされるので、妻が相続することはほとんどありませんでした。

玲子さんの指摘どおり、地方の旧家の長男だった父は、幼いころからそういう憲法と民法の精神をかっちりと身にまとわされ、母さまも古いしきたりの枠内に押し込められ、あえなくつい去った、といえるのでしょう。

福島の伯母がたとえ、子どもを連れて家を出るように勧めたとしても、母さまは自分の力で生活をしていく自信がおそらくなかったのではないでしょうか。

戦前まで続いたこの大日本帝国憲法と民法をふり返ってみて、つくづく現憲法のありがたさを感じます。

新しい日本国憲法の公布と施行で、妻の正代さんも、女子である玲子さんとわたしも、父の財産を当然のこととして受け取ることができました。選挙権がありますから、政治に参加することもできます。何より嬉しいのは、9条で戦争をしない決意をしましたから、徴兵制度がなくなり、わたしたちが空襲で殺されることもなくなったことです。

わたしと玲子さんは、この日、戦後の新しい憲法の素晴らしさを確認し合ったのでした。そして古い憲法の申し子である父を、いやでもまな板に乗せることになりました。

「父はとにかく」と玲子さんは歯に衣着せず言うのでした。

「男尊女卑の考え方がしみついていたから、妾通いがやめられなかったんですわ。あんな結末になっても仕方がない、とあたしは思っています」

そして玲子さんは、こうも言いました。父親への悪罵を子守唄のように聞かされながら育ったので、いつか自分の身内に根深い男性不信が巣くうようになった。同時に、そういう夫をこきおろすばかりで、きっぱり別れようとしない母親にも愛着が湧かず、だから自分は真から人が愛せないような気がする……。わたしは黙って聞いているだけでしたが、玲子さんの苦しみはわかるような気がしました。

そのころ玲子さんは、東京の自宅近くの図書館で司書として働き始めていましたが、本が並んでいるのを見ただけで心が落ち着くとのことで、その話をしたときの生き生きした表情が印象的でした。

この日、父の遺産の半分を手にした正代さんのその後も聞くことができました。佐世保を後にした彼女は、自分の郷里の熊本に洋風の家を建て、不動産屋を始めたのだそうです。ところが、隣に住む遠縁のヤクザな人物に、土地をくじりとられたり、からまれたりするうち、とうとう心身を病み、命を縮めることになったということでした。

「あのしっかり者の母が、あっという間に壊れましたの。お金はほんと、魔物ですわ」

この話をするとき、玲子さんはほんとうに悲しそうな表情を浮かべていました。いずれにしろ玲子さんはたった一人の血のつながった妹ですから、正代さんの死をきっかけに、また行き来をするようになりました。

わたしと夫がどんなに勧めても、再婚はしませんでした。わたしより十五歳も年下だったのですが、昨年、ちょっとした風邪がもとで亡くなりました。

十一

ふり返ってみますと、二十九歳で死んだ母さまは特別としても、皆そう長くは生きなかったですね。それでもわたしの夫だけは、八十八まで生きました。とにかく楽天家で、好奇心が強く、生活を楽しむすべをこころえている人でした。

市役所の観光課に転職したのは、「九十九島」のある佐世保周辺の海が国立公園に指定されたときです。その宣伝のためのポスター描きなどを手伝ううち、すっかり「九十九島」にほれこんでしまったらしいのです。はじめは日給四百円の臨時雇いでしたが、三、四年して正規職員になりました。故郷の宣伝係というこの仕事がよほど気に入ったのでしょう、家に帰ってからまでパンフレットやチラシの下絵を描いていましたし、内外の来訪者の案内も喜んで引き受けていました。いつか「九十九島は日本一ぞ」と言うのが夫の口癖になりました、わたしもそのとおりだと思います。けれども、ここでやはり言わずにはおれません。

佐世保は今なお米軍の居座る基地の街です。戦後間もなく、わたしたち佐世保市民は、九十七パーセントもの支持率で「平和都市宣言」を出しました。貿易や観光など平和な町づくりを目指そうというものでした。でもそれはかなわず、今もって目の前の海を米軍と自衛隊の灰色の軍艦が行ったり来たりしているありさまですからね。これでは、どう考えても、わが故郷の海は日本一だ、と胸を張ることはできません。

それでも、わたしの言うことなど耳に入らぬように、夫は五十五歳の定年まで、西海国立公園「九十九島」の熱烈な宣伝係に徹し、「九十九島は日本一だ」と言い続けました。

定年後、やっと夫は家に落ち着き、わたしにもきちんと向き合ってくれるようになりましたが、人の一生ではその後が長いのですね。

わたしたち夫婦の恋愛関係は、それから始まったといえるかもしれません。夫は、わたしをモデルによく絵筆をとるようになりました。淡紅色の山桜の木の下、三毛猫を抱かせて大きなキャンバスに向かうのです。出来上がった絵の女性は、どれを見ても若くてね、とろけるように優しい目をしてるんですよ。わたしにはちっとも似てやしないのです。モデルのわたしのむこうに、夫は何を見ていたのでしょうね。わたしたちはそれから毎年のように中国旅行を楽しみました。なぜ中国かといいますと、夫は後方支援でその地におもむいたときの、人々との交流の記憶を大切にしていましたし、わたしもまた幼い頃、幸せなひとときを外地で過ごした思い出がありました。おかげで中国には十七回も行きましたよ。

行くたびにお互いの絆は強まり、益々中国が好きになっていったように思います。夫は中国でもやはり、なにかというと「九十九島」の宣伝をしておりました。ギリシャのエーゲ海にも負けない、と力をこめて語っていました。もちろんそのとおりですが、わたしはやっぱりね、米軍と自衛隊の基地があることは付け加えないわけにはいきませんでしたよ。

夫は、一緒にいて楽しく、優しい、いうにいえない魅力のある人でしたが、唯一どうしてもやめられない嗜癖《しへき》がありました。たばこです。どんなにやめようとしてもだめでしたね。そのせいか、結局、肺がんになって、それで亡くなりました。

最期の言葉は、「夕陽がきれいだね」でした。おそらく遊覧船にでも乗って「九十九島」の夕陽をながめながら天国に向かっていたのでしょう。

はじめに申しましたように、わたしは年が明けると九十六になります。いつお迎えがきてもおかしくない歳なのですが、お医者さんは、どこも悪いところはない、と言われるのですよ。まだ目も見えますしね。新聞の見出しを見て、興味のある記事は虫眼鏡でていねいに読んでいます。きょうの新聞にね、また気になることが書いてありました。

「女性の梅毒感染急増」だそうです。小さな見出しで、わたしもよく気づいたものですが、こんなのが目に入りますと、心臓がばくばくしてきます。母さまの味わった苦しみを想像するからです。厚労省のまとめで去年の二倍ってことは、表に出てない患者はもっといるってことでしょ。妊婦さんが感染すると、母さまのように死産につながるかもしれないし、早く治療しないと、父のように手遅れにもなります。衣服や食器からも感染するし、免疫は出来ません。わたしの母さまは、それで地獄の苦しみに遭ったんですからね。

あれあれ、わたしはまた母さまのことをしゃべってますね。子どもたちは言うのです。

「まあだ、そのことば言いよる。もうよかやなかね」って。でも、わたしは、なにかというと、あの夜のことを思い出してしまうのです。そしてなんとか助けられなかったのか、と思い続けています。

はい、いくつになっても、わたしはあの幼い日のままのようです。母を恋うる気持を捨て切れません。

どうも同じ話を繰り返しているようで、これも歳のせいでしょうかね。

じつはわたし、体の右半分が少し不自由でね、食べることと車椅子につかまって用足しに行くことがやっとなのです。はい、介護士さんには、お風呂を週二回、お掃除に一回きていただいています。

正直なところ、この冬を無事に越せるかしら、と心配なのです。

ああ、もうすぐ日が暮れますね。きょうもまもなく長男が顔を出しますよ。嫁の作った食事を運んできて、一緒に食べてくれるのです。

はい、あの空襲で死にかかってたあの子ですよ。あの子ももう七十一ですが、子や孫のためにって、戦争に反対する活動を続けています。

この秋、国会で通ってしまいましたが、戦争につながるような法案に、わたしはもちろん反対ですし、憲法9条の改正なんて、とんでもないことです。もうこの歳では、あの子たちに希望をつなぐしかありませんが、この故郷佐世保が再び阿鼻叫喚の地獄にならないよう力をつくしてほしいと願っています。

きょうはほんとによくしゃべりました。わたしの思い出話を長いこと聞いていただきありがとさんでした。

冬の日はあっという間に落ちますからね。坂がこのとおり急ですし、足元には十分気をつけてお帰り下さいまし。くれぐれも。

あとがき

　私は、戦後に育った日本人の一人だ。だから戦争を知っているとはいえない。だが、空襲や満州からの引き揚げ体験など、戦時の話を断片的に耳に入れる機会は、子どもの頃からあった。しかし、敗戦時に三歳で、当時のことがほとんど記憶に残っていないせいか、昔あったことだとして、いつも退屈して聞き流したものだった。

　ところが、敗戦から七十年たった二〇一五年秋、私は初めて〝戦時〟を自分のこととして受けとめた。私は、私たち国民は、敗北した十五年戦争から何をつかみとったのだろうか。

遅ればせながら、先人の戦時を語る言葉に改めて耳を傾けたいと思った。ふり返れば、祖母も母も、そして私たち兄弟も、戦争犠牲者だったといえる。

昨年秋から今年の春にかけて、法事などで帰郷した折、私は、元職場の同僚のお母さんや知人から、佐世保大空襲の話を聞くことから始めた。また、図書館で歴史の本をひもとくうち、人工わずか四千人だった寒村佐世保が、十五年戦争の敗戦時には、三十五万人にもふくれあがっていたことを知る。

あの大空襲のとき、佐世保は、町全体が大なり小なりの軍需工場になり、兵営と化していたと言えるかもしれない……。

そして私自身、戦時の兵営の中で産声をあげた、その一人である。

「サクラ花の下」「させぼ草双子」二つの小説は、故郷佐世保への複雑な思いから生まれた。伏して皆さまのご批評をあおぎたい。

二〇一六年　夏

大浦ふみ子

資料

左記は「西日本女性文学研究会」が二〇一六年二月に発行した「西日本女性文学案内（有限会社花書院発行）」にある著者大浦ふみ子の作家別記述です。

大浦ふみ子　おおうらふみこ　小説家。昭和一六年（一九四一）一〇月一日～。長崎県佐世保市生。本名塚原頌子。父村田勇（宇和島市出身）、母塚原常代。兄と弟がいる。長崎県立佐世保北高等学校卒。昭和三六年（一九六一）一〇月長崎放送局に就職。平成一四年（二〇〇二）定年退職までマスコミの現場で働きながら書いた。昭和五四年、日本民主主義文学同盟（日本民主主義文学会）に加入、『民主文学』を拠点に作品を発表。「現実にあきたらない物があるから、『創る』という表現方法を求めた」という。五二年、里繁次と結婚。佐世保に四〇年近く住んだ後長崎市に移り住む。作品は、長崎県を舞台とし、そこに発生した問題を題材にして、「そこに生きる人びとの生活の実相を浮かび上がらせるものが中心である」（岩渕剛）。五三年の『赤旗』創刊五〇周年記念の文学作品募集で佳作になった「夫婦船」（文化評論）では米軍に海を奪われたため密漁しないと食べていけない佐世保の漁師たちを描く。その後造船所を舞台にした作品として「基地の中の造船所―佐世保重工・SSKでは」（『民主文学』、昭和五五・一一、以下特記なき場合は「民主文学」掲載）等五編。被爆者の癒しがたい体と心の傷を描いた作品として「長崎原爆松谷訴訟」（平成二・一〇）等九編。雲仙・普賢岳災害をテーマにした作品として「火砕流」

（平四・一）等三編。「有明訴訟のこと」（『ながい金曜日』所収、平一八・五、光陽出版社）。ごみ焼却場のダイオキシンに言及した「男たちの暦」（平九・四）。「人間として生きることを阻むものへの強い憤り」（乙部宗徳）を核にした作品として「山椒の芽」（昭六〇・一一）等五編。戦争のない世界を希求した「匣の中」（平一六・四）。子どもたちの変容を描いた「絵本の部屋」（『長崎民主文学』平一一・八）。職場での受動喫煙を指摘した「けむりと光」（平七・三）は「火砕流」とともに問題の早期作品化が顕著。全く別系列の作品には作者の分身が現れる。「蕁草の里」（昭五九・七）と「小雪の朝」（『ながい金曜日』所収）では、戦争によって隔てられてしまった父と子のその後を振り返る。「おとうと」（平一四・九）には八歳で夭折した弟への哀切な思いが綴られている。この三編は、細部がリアルに書き込まれ、心に残る作品である。平成二三年三月以降、『歪められた同心円』（平二三・三、本の泉社）、『原潜記者』（平二四・一二、光陽出版社）、『ふるさと咄』（平二六・五、同上）と被爆・原発等核をモチーフにした作品が多い。

【参考文献】乙部宗徳「目の前の今を描く」（『匣の中』平一六・五、光陽出版社）、岩渕剛「大胆さとリアルな眼と」（『夏の雫』平二二・三、光陽出版社）

（野本泰子）

大浦ふみ子（おおうらふみこ）

本名／塚原頌子（つかはらしょうこ）
著書に『火砕流』『長崎原爆松谷訴訟』『ひたいに光る星』（青磁社）、『土石流』『匣の中』『ながい金曜日』『夏の雫』『原潜記者』『ふるさと咄』『埋もれた足跡』（光陽出版社）、『女たちの時間』（東銀座出版社）、『いもうと』（葦書房）、『歪められた同心円』（本の泉社）、『原爆児童文学集』（共著、「和子の花」所収）など。

サクラ花の下

2016年7月18日　初版発行

著　者／大浦ふみ子
発行者／明石康徳
発行所／光陽出版社
〒162-0818　東京都新宿区築地町8番地
TEL 03-3268-7899　FAX 03-3235-0710
印刷・製本／株式会社光陽メディア

ISBN978-4-87662-598-7　C0093